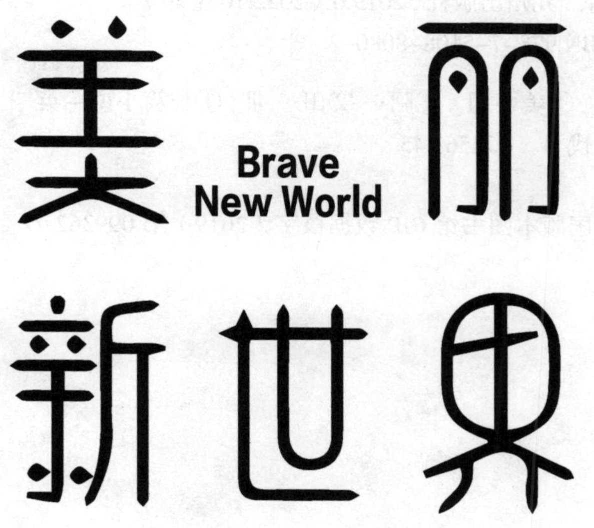

[英] 阿道司·赫胥黎 著

田伟华 译

九州出版社
JIUZHOUPRESS

图书在版编目（CIP）数据

美丽新世界 /（英）阿道司·赫胥黎著；田伟华译 . -- 北京：九州出版社，2019.6（2022.10 重印）

ISBN 978-7-5108-8080-3

Ⅰ . ①美… Ⅱ . ①阿… ②田… Ⅲ . ①长篇小说—英国—现代 Ⅳ . ① I561.45

中国版本图书馆 CIP 数据核字（2019）第 099362 号

美丽新世界

作　　者　［英］阿道司·赫胥黎　著　　田伟华　译
责任编辑　王丽丽
出版发行　九州出版社
地　　址　北京市西城区阜外大街甲 35 号（100037）
发行电话　（010）68992190/3/5/6
网　　址　www.jiuzhoupress.com
印　　刷　三河市同力彩印有限公司
开　　本　880 毫米 ×1230 毫米　　32 开
印　　张　8
字　　数　182 千字
版　　次　2019 年 8 月第 1 版
印　　次　2022 年 10 月第 3 次印刷
书　　号　ISBN 978-7-5108-8080-3
定　　价　49.80 元

译者前言

在全球化的当今之世，优秀的世界文学作品更具有特殊的价值承载——能够让人穿越时空阅尽人世，让人做出深刻反思，找到重归家园或是重新认识自我的感觉，远离工业化和产业化席卷全球所带来的精神委顿和脆弱。

有鉴于此，我在选择翻译版本时非常慎重，截至 1966 年，《美丽新世界》已经出了经典版 57 版，我仔细考量和分析各种重要版本后，精心斟酌了不同语种和文化区域的差异性，最终筛选出原汁原味的原始版本，进行了细致地翻译，力求保持实至名归的经典的魅力。在语言方面，我务求贴近作者的语言风格，尽可能地再现原著的内容与品质。在遣词造句时，避免使用冷僻生涩之词，以符合高品质、平民化的大众阅读需求。本书作者赫胥黎是著名的文学家、批评家和剧作家，我还翻阅了有关赫胥黎本人的各种资料，以便更了解作者，洞悉作者创作的深意和微妙之处，力求最大限度地还原原著风格。由于《美丽新世界》被誉为 20 世纪最经典的反乌托邦文学之一，具有浓厚的哲学思辨意义，因此，我又翻阅了相关的哲学书籍，以便在思想性上更契合原著。

总之，我给自己设定了一个绝对不低的标准，期望通过自己的努力把读者引入庄重温馨的文化殿堂，成为滋养读者心灵与智慧的沃土。

目录 CONTENTS

第一章

一座灰楼，不高，就 34 层。门口有几个大字：中央伦敦培育所与条件设定中心，盾形纹章上是世界国的格言：社会，同一，稳定。

一楼有个大厅，是朝北的。窗户外头，整个夏天都是冷的，屋里却热得像赤道，一束刺目的光从窗外射进来，寻找着某个身披褶衣、平躺着的人形，某个一身鸡皮疙瘩、面色苍白的学者的轮廓，但找到的只有实验室的玻璃器皿、镍和散发着惨白色的光的瓷器。与冰冷为伴的只有冰冷。工人们穿着白色的工作服，手上戴着惨白色的手套，是死尸才会有的那种颜色。光冻住了，死了，成了鬼魂。只有在显微镜那发黄的镜头下才能看到某种色彩浓艳的有生命力的物质，这种物质呈黄油状，看上去十分美味，躺在一长排一长排光亮的试管中，在工作台上朝远处延伸开去。

主任推开门，说："这就是受精室。"

培育与条件设定中心的主任进屋的时候，300 个孕育员正俯在仪器上，屋里一片寂静，几乎听不到呼吸的声音，有的在走神，有的在瞎嘟囔，有的在吹口哨，还有的在专心做事。一群新来的学生，年纪都不大，一张张粉色的小脸，都很稚嫩，陪着十二分的小心，奴性十足地跟在主任屁股后头。每人手中拿着一个笔记本，不管什么时候，伟大领袖说了什么话，都会像疯了一样赶紧记下来。这些话可都是伟大领袖亲口说的，这样的特权可不容易享受到。中央伦敦培育所与条件设定中心的主任总觉得必须亲自带着新学生们参观各个部门才行。

他向他们解释："就是让你们有个大概的了解。"工作要想做得出色，哪怕是微不足道的工作，也必须要对某些事情有一个大概的了解；要想过得幸福，做社会良民，也要了解这些东西。因为谁都知道，美德和幸福源于细节，什么都懂，又什么都不精通是一种罪恶。哲学家不是社会的脊梁，锯木工和集邮者才是。

他用和蔼却又带着一点威胁的口气说道："明天你们就正式上岗了。没时间了解大概的情况了。另外……"

另外，这是一种特权。把伟大领袖说的话记在本子上是一种特权。男孩子们疯狂地在本子上记着。

主任是个高个子，长得很瘦，身材很挺拔。他有一个长下巴，一口大龅牙，不说话的时候刚好能被他那红润饱满、曲线分明的嘴唇包着。老吗？年轻吗？30岁？50岁？55岁？说不好。今年是福特632年，社会安定，没人问这个，也没人想到问这个。

"我想从头说起。"中央伦敦培育所与条件设定中心的主任说话了，那群新来的学生又狂热了些，在本子上记着他的意思：从头说起。“这些，”他大手一挥，说道，“就是孵化器。”他打开一道隔离门，指着一排排编好号的试管向他们解释，“这是本周才到的卵子，必须保持在血液的温度，而非精子的温度，”这时，他打开另外一道门，说道，“必须保持在35摄氏度而不是37摄氏度。血液的温度会使它们丧失生育功能。”圈在发热器里的公羊是配不出种来的。

铅笔急匆匆地在纸上划着，字迹潦草，写了一页又一页。主任还在孵化器上靠着，简单地对他们说着现代受精过程。先说的当然是手术——“自愿做手术，不但有利于社会，更能让个人得到一笔相当于6个月薪水的奖金”。接着讲了保持剥离卵巢存活、活跃发展的技术对最佳温度、最佳盐度及最佳黏度的考虑，提到了存放剥离成熟卵子的液体。又把学生们领到工作台那边，让他们看这种液体从试管中被抽取的过程。液体怎样一滴滴地流到经过加温处理的显微镜的玻璃片上，应该怎样检查液体中卵子的异常情况，卵子怎样计数，怎样转入一种特定的有孔容器中。这个容器怎样浸入一种含有自由游动精子的热乎乎的肉汤中①——他强调肉汤中精子的密度至少为每立方厘米10万个。浸泡10分钟后，怎样从液体中取出容器，再次检查里面的东西。如果发现有的卵子尚未受精，怎样再浸泡一次，如果有必要，就再泡一次。受精卵怎样流回到孵化器中，留下阿尔法们和贝塔们，直到最后入瓶。而伽马们、德尔塔们和伊

① 此时，他就在让他们观赏这一过程。

普西龙们要等到 36 个小时以后才能再次被取出，进入“波卡诺夫斯基程序”。

主任重复道：“波卡诺夫斯基程序。”那些学生赶紧在小笔记本上这几个字的下面划了一道横线。

一个卵子，一个胚胎，一个成体，这是一种正常的生长状态。但一个波卡诺夫斯基化了的卵子能发芽、能增殖、能分裂。这样的一个卵子能长出 8 到 96 个不等的芽，每个芽都能长成一个完美无缺的胚胎，每个胚胎又能长成一个正常尺寸的成体。以前，一个卵子只能长成一个成体，现在却能长成 96 个。这就是波卡诺夫斯基程序。

中央伦敦培育所与条件设定中心的主任最后说道：“从本质上讲，波卡诺夫斯基程序由一系列对生物发展起抑制作用的因素组成。我们制止正常的生长状态，但有悖天理的是，卵子的反应竟是发芽。”

卵子的反应竟是发芽。铅笔们忙活开了。

他用手一指。一条缓慢移动的传送带上，满满一架子试管正在进入一个大的金属柜，另外一满架子试管正在露头。机器发出微弱的咕隆声。他告诉他们，这架试管通过金属柜要 8 分钟。一个卵子能承受 8 分钟 X 光的强力扫描。有几个死掉了，剩下的、最不敏感的那些会一分为二，大部分会长出 4 个芽，有些能长出 8 个。所有的卵子都会被送到孵化器中，芽会在那里生长。两天后，突然被冷冻，被制止。2 个变 4 个，4 个变 8 个，芽上轮流长芽，长芽后灌酒精，一直灌到快要死掉的程度，然后，芽的裂变继续进行，芽上长芽，芽上长芽，长个不停——以后给予致命性的制止——然后撒手不管了，让芽们踏踏实实地生长。此时，最初的那个卵子就能痛痛快快地长成 8 到 96 个不等的胚胎——这是自然界中一个神奇的进步，我想你们都会认同我这种说法。一卵双胞——却跟以前的那种胎生方式，双胞胎或者三胞胎，卵子偶然分裂的情况完全不同，我们这个一次能分裂二三十个、八九十个。

主任重复道：“八九十个。”然后伸出两只胳膊，好像在分发奖金。

有个学生蠢透了，竟问这么干有什么好处。

主任猛地一个转身，看着那个学生说：“我的好孩子！你看不出来吗？你看不出来吗？”他抬起一只手，神情严肃地说，“波卡诺夫斯基程序是维护社会稳定的重要手段之一！”

维护社会稳定的重要手段。

批量生产符合标准的男男女女。一家小型工厂的全部工人仅由一个波卡诺夫斯基程序化了的卵子就能搞定。

“96 个一模一样的多生子操控 96 台一模一样的机器！”那声音兴奋得都要发抖了。“你们能知道你们处在什么位置，这是有史以来的第一次。”他引用了世界国的格言，“社会，同一，稳定。”多棒的话，“如果我们能够无穷无尽地波卡诺夫斯基程序化，整个问题就都解决了。”

整个问题被标准化的伽马们、永不变化的德尔塔们和一模一样的伊普西龙们解决掉了。大规模生产的方式终于适用于生物学了。

主任晃晃脑袋，说道：“可是，哎呀！我们并不能无穷无尽地波卡诺夫斯基程序化。”

96 个好像就已经是极限了，72 个算是平均数，已经很不错了。一个卵子和一个精子配对时，尽可能多地生产出标准化的多生子——这是他们能拿出来的最好成绩[①]，甚至连做到这一点都很困难。

“因为在自然界中，200 个卵子的成熟期是 30 年。但我们目前要做的是稳定此刻的人口数量。花费多于四分之一个世纪的时间零星生产几个多生子——这么做有什么用？”

显然毫无用处。但帕斯纳普技术大大加速了成熟的过程。他们有把握在两年内生产出至少 150 个成熟的卵子。受精，再波卡诺夫斯基程序化——也就说，乘以 72，就能得到差不多 11000 个兄弟姐妹，150 批一卵多生子，年纪都一般大，都在两年内出生。

“少数情况下，一个卵子能为我们生产出 15000 多个成年人。”

这时候，有个留着金发、面色红润的小伙子刚好经过这里，主任冲着他打了个手势，喊了声：“福斯特先生。”那个面色红润的小伙子过来了。“能跟我们说说一个卵子的生育记录吗？”

福斯特先生一下都没犹豫，张口就说：“16012 个，189 批一卵多生子。不过，当然了，”他哇啦哇啦地接着说了下去，“有些赤道培育中心的成绩要好得多。新加坡的产量往往保持在 16500 个以上，蒙巴萨的产量实际上已经达到 17000 个的记录。

① 遗憾的是，这只是他们的次好成绩。

但他们先天条件优厚，这么比未免有失公允。你们要是能够见识一下黑人卵子对脑垂体的反应就好啦！习惯了同欧洲卵子打交道，黑人卵子的反应肯定会让你们大吃一惊。不过呢，”他补充道[①]，“如果我们可以的话，还是想打败他们。我眼下正在培育一种叫作德尔塔加的卵子。只干了 18 个月，却早已培育出了 12700 个孩子，有的换了容器，有的还处于胚胎状态，势头很猛，打败他们不在话下。”

主任拍着福斯特先生的肩膀，大叫一声：“我喜欢的就是这种劲头儿！跟我们来吧，给这些孩子传授传授你的专业知识。”

福斯特先生谦虚一笑：“乐意效劳。”一行人随即离开。

装瓶室里忙而不乱。新鲜的大母猪腹膜片被切割成合适的尺寸正坐着小电梯从下层地下室的器官库冲上来。先是嗖嗖直响，而后咔嗒一声！电梯门开了，装瓶室流水线上的工人只需伸出一只手就能抓到腹膜片，塞进瓶中，弄平整。这一系列的动作完成之后，一排排的瓶子才开始沿着一眼望不到头的传送带离开，嗖嗖，咔嗒！又一块腹膜片从下面蹿了上来，等着被塞进另外一只瓶子——那一眼望不到头的传送带上的下一只瓶子。

紧挨着流水线工人的是注册员。流水线继续前进，一个接一个的卵子从原来的试管中移入更大的容器中。腹膜内壁被熟练地切开，桑葚胚准确归位，注入碱盐溶液……此时，瓶子已经过去，下面就是标签员的事了。遗传状况、受精日期、波卡诺夫斯基组

① 他的眼里闪着争斗的光芒，下巴朝上抬着，显出一副好斗的模样。

织身份——详细情况都从试管上转移到了瓶子上。这回就不是无名氏了，而是有了名字，有了身份。流水线慢悠悠地继续朝前移动，穿过墙壁上开的一个洞，缓慢进入社会身份预定室。

一行人进了屋，福斯特先生快活地说道："索引卡片共计88立方米。"

主任补充道："相关的信息都有了，并且每天早晨都会更新。"

"并且每天下午都会整理。"

"他们在这些信息的基础上进行仔细分析。"

"个体多得很，还要分析这个性质，那个性质。"

"按照这样那样的数量进行分配。"

"随时保持最高的转瓶率。"

"没有预料到的消耗会得到及时补充。"

福斯特先生重复道："及时补充。你们要是知道上次日本大地震过后我加班加了多少时间就好啦！"他快活地大笑起来，随后又晃了晃脑袋。

"社会身份预定员把数据交给受精员。"

"受精员交出前者索要的胚胎。"

"瓶子送到这里商定社会身份预定的具体情况。"

"之后送到胚胎库。"

"我们现在就去那里。"

福斯特先生推开一道门，领着大家走下一组楼梯，进入地下室。

温度高得仍然像在赤道。他们朝下走，光线越来越暗。两道门，外加一个两道弯的通道，确保一丝一毫的阳光都不会透进地下室。

福斯特先生推开第二道门，幽默地说道："胚胎就像电影胶片，只能承受红光的照射。"

其实就是这么回事。那些学生此时正跟着他走进那个又潮又湿的地下室，里头黑灯瞎火的，但那种黑暗是可见的，并且真的是红色的，就像某个夏日的午后闭上眼睛时眼前的那种黑暗。一排又一排、一层又一层的瓶子鼓起的侧面，就像无数颗红宝石，散发着璀璨的光芒。而在这数不尽的红宝石中移动着的，是长着紫色眼睛、带有一切狼疮症状的男男女女那暗红色的鬼魂。机器的嗡嗡声和咔嚓声微微搅动着空气。

主任懒得说话了，吩咐道："福斯特先生，跟他们说几个数据。"福斯特先生巴不得要跟他们说几个数据呢。长 220 米，宽 200 米，高 10 米。他指指脑袋上头。那些学生就像喝水的小鸡崽儿那样抬头望着高处的天花板。

架子一共 3 层，地下室一层，1 楼一层，2 楼一层。

3 层钢架子好像蜘蛛网一样，朝四面八方的黑暗地带延伸开去，慢慢地就看不清了。他们身旁就有 3 个红色的鬼正忙着从一架移动的电梯上卸下一口大肚瓶。

电梯从社会身份预定室下来。

每个瓶子都可以放在架子上，共 15 个架子。虽说看不出来，但每个架子都是一条传动带，正以每小时 33.3 厘米的速度移动着。一天移动 8 米，移动 267 天，共计 2136 米。底层转一圈，二层转一圈，三层转半圈。在第 267 天那天早晨，阳光射进换瓶室，所谓的"独立生命"就开始了。

福斯特先生最后说道：“但在这个阶段，我们已经在它们身上花费了很大力气了。哦，花的力气可真不小啊！”他会意又得意地笑了。

主任把刚才的话又说了一遍：“我喜欢的就是这种劲头儿。咱们溜达一圈。福斯特先生，把你知道的都告诉他们吧。”

福斯特先生乖乖照做了。

他跟他们说了腹膜苗床上正在生长的胚胎，让他们尝了尝胚胎吃的那种浓稠的代血剂；跟他们讲了必须用胎盘素和甲状腺素刺激它的原因，介绍了体馏素，让他们见识了从 0 米到 2040 米每隔 12 米就会喷射一次体镏素的喷嘴；又说了在这个过程中最后的 96 米那些逐渐增大剂量的脑垂体制剂；描述了 112 米处装入每只瓶子里的人造母体循环系统；让他们看了代血剂的储存池，又看了让这种液体始终在胎盘制剂上流动并驱使起流过合成肺和废物过滤器的离心泵；提到了令人大伤脑筋的胚胎贫血倾向，大剂量的猪胃提取物和不可或缺的、尚处于胚胎状态的小马驹的肝。

他让他们见识了一个简单的机械装置，在每 8 米那最后的 2 米中，这东西能使所有的胚胎摇晃，从而让他们熟悉这个动作；暗示了所谓的“换瓶伤害”的严重性，列举了种种预防措施，通过对瓶装胚胎进行适度训练，将危险振动所造成的伤害减至最低；又跟他们说了在 200 米处进行的性别检测，解释了标签贴加体系：T 代表男性，O 代表女性，对于那些注定不能生育的胚胎，需要在白色的标签上打上一个黑色的问号。

福斯特先生说道：“当然啦，在绝大多数情况下，生殖能力只是一件麻烦事，1200 个卵子中有一个具备生殖能力就足够我们用的了。可我们想优中选优。当然，我们总得冒很大的风险。因此，我们让多出总数 30% 的女性胚胎正常发育，剩下的，在接下来的过程中，每隔 24 米，我们会为其注射一针男性荷尔蒙。结果就是：换瓶的时候，她们就都不能生育了，但生理结构依然是正常的。”只是他不得不承认，“她们的确会有极其轻微的长小胡子的倾向，但不能生育。这就终于使我们，”福斯特先生继续说道，“走出了对大自然仅限于盲目模仿的范畴，进入了人类创造的这个有趣得多的世界。”

他搓了搓手。他们当然对仅仅孵化出胚胎这件事不满足了：随便哪头母牛都能做这种事。

“我们还预定人的命运和身份。我们将换瓶的婴儿视为社会化的人，视为阿尔法们或者伊普西龙们，让他们以后疏通阴沟，让他们以后做……”他本想说“世界的主宰者”，却改口道，“培育所的主任。”

中央伦敦培育所与条件设定中心的主任用一个微笑回应了他的恭维。

他们正经过 320 米处的第 11 个架子。一个年轻的贝塔减技术员正用螺丝刀和扳手忙着鼓捣一只移动过来的瓶子上的代血剂的泵。他用螺丝刀拧紧螺丝，发动机的嗡嗡声大了些。向下，向下……最后拧一下，瞥了一眼旋转计数器，一切搞定。他沿着流水线向前走了两米，又用同样的手段开始鼓捣下一个泵。

福斯特先生解释道：“这是在减少每分钟的旋转次数，次数一少，代血剂的旋转速度就慢了下来，流经肺部的间隔时间随之延长，胚胎的吸氧量就减少了。让胚胎的质量始终保持在一个较低的水平，再没有比降低它们的吸氧量更好的办法了。”

一个天真的学生问道：“可为什么要让胚胎的质量始终保持在一个较低的水平呢？”

好久都没有说话的主任骂道：“真是个大笨蛋！你就没有想到过伊普西龙胚胎就要有伊普西龙的生存环境，接受伊普西龙的遗传吗？”

他当然没有想到过啦。他被搞得一头雾水。

福斯特先生说道：“地位越低，吸氧量就越少。”最先受到影响的器官就是大脑，然后是骨骼。如果只有正常供氧量的70%，会使胚胎发育成侏儒，低于70%则会成为无眼怪物。

福斯特先生接着说道：“这些东西纯粹是一堆废物。”

不过[①]，如果他们能够发现一种缩短成熟期的技术，对社会来说，那将是一个多么辉煌的胜利，一个多么巨大的贡献啊！

“想想马。”

他们想了。

马的成熟期是6年，大象的成熟期是10年。人到了13岁性还没有发育成熟，到20岁才算发育成熟。显而易见，身体发育迟缓导致人类产生了智慧。

福斯特先生十分公正地说道：“但在伊普西龙们身上，我们并不需要人类的智慧。”

---

① 他的声音变得隐秘而急切了。

不需要，也根本做不到。虽说伊普西龙们 10 岁时心智就已成熟，但身体要长到 18 岁才适合劳动。好几年的非成熟期，这简直是多余，是一种浪费。如果身体的发育速度能够提高，比如说提高到跟奶牛一样快，对社会来说，那将是一种多么巨大的节约啊！

学生们咕哝道："巨大！"福斯特先生的热情是能够传染的。

他开始说得很专业了，说了使人类生长过于缓慢的内分泌失调，又假定胚胎突变是造成这一切的罪魁祸首。这种胚胎突变的恶果就不能消除吗？能够借用某种技术让单个的伊普西龙胚胎恢复到狗和奶牛的正常状态？这可是个大问题，但已经解决得差不多了。

蒙巴萨的皮尔金顿培育中心已经生产出了 4 岁性成熟，6 岁半即可长大成人的个体。

算是科学上的一次重大胜利，却对社会毫无用处。6 岁的男男女女蠢透了，连伊普西龙们的工作都做不了。另外，这个过程是"一锤子买卖"，要么不改，要么全改。他们还在寻找 20 岁的成年人和 6 岁的成年人之间的某种理想的折中方式，到目前为止还没有找到。福斯特先生叹了口气，摇了摇头。

他们穿行在深红色的暗光中，到了 190 米处的 9 号架子附近。从他们现在站的这个点开始算，一直到 9 号架子，这段路都是封闭的，瓶子在一个隧道状的粗管子里面继续走着剩下的路，不时停一下，开个两三米宽的口子。

福斯特先生说道："这是调温系统。"

冷热隧道交替出现。冷隧道会以强烈的 X 光的形式带来一种不舒适感，胚胎换瓶前就已经接受了冰冷的锤炼。他们的命运早就被安排了，要转移到赤道那边去，挖矿、纺织醋酸丝绸、炼钢，以后还要鼓捣鼓捣他们的脑子，以认可人体的判断力。福斯特先生总结道："我们给他们都设定好条件了，让他们能够在酷热的环境下保持茁壮成长，我们在楼上的同事会训练他们，让他们爱上这种环境。"

这时，主任简短插话道："这就是幸福和美德的秘密：爱上你必须要做的事。所有的条件都是为下面这一点服务的：让人们爱上他们那无法摆脱的社会命运。"

两条隧道的接口处有个护士，正用一根又细又长的针管姿态优雅地探查着一个流过来的瓶子里的胶状物。那些学生和他们的指导员们站在一旁，一声不吭地注视了她好一会儿。

她终于把那根针管抽了出来，挺直了身子，这时就听福斯特先生喊道："列宁娜。"

那姑娘吓了一跳，转过身子。虽说她满脸狼疮，又长着一双紫色的眼睛，可谁都能看出来她不是一般的美。

她冲他一笑，露出一排珊瑚牙，那笑散发出一片红光，打在了他的脸上，她叫了声："亨利！"

主任咕哝道："美，美。"然后轻轻地拍了她两三下，她回报给他的是一个很顺从的微笑。

福斯特先生的口气变得相当正式了，问她："你给它们喂什么呢？"

"哦，就是普通的伤寒和昏睡症疫苗。"

福斯特先生跟学生们解释道："赤道工人在150米处就开始注射疫苗了，胚胎上还有鳃。我们让鱼免疫，以后就不会得人的病。”然后，他转过身去，对列宁娜说，“老样子，今天下午 4: 50 楼顶见。”

主任又说了一句：“美。”最后拍了她一下，跟在别人身后走了。

10 号架子，一排又一排的化学工人正在经受耐铅、耐烧碱、耐沥青、耐氯训练。首批 250 名胚胎火箭飞机技师正经过 1200 米处的 3 号架子。一种特殊的机械装置使他们的容器不停旋转。福斯特先生解释道：“这是在增强他们的平衡感。在半空中修理火箭外部可不是一件容易的事。他们一到上头，我们就让循环系统的速度慢下来，这样的话，他们就会处于饥饿状态。他们的脑袋一朝下，我们就让代血剂的流动速度加快一倍。他们得学会脑袋朝下时怎样才能让自己舒服些。其实吧，他们脑袋朝下时才算真的快活呢。”

福斯特先生接着说道：“现在我想让你们见识一下阿尔法加型知识分子的某些很有意思的条件设定。5 号架子那里有一大堆阿尔法加型知识分子。就在一楼。”他冲着已经开始朝一楼走的两个男孩子喊道。

他解释道：“他们就在差不多 900 米处。等胚胎没了尾巴才能搞一些有用的智力条件设定。跟我来。”

但主任看了一眼手表，说道：“都 2: 50 了。恐怕没时间看知识分子胚胎了。我们要在孩子们午睡时间结束前赶到保育室。”

福斯特先生失望了，恳求道：“至少应该看一眼换瓶室嘛。”

主任宽容地说道：“那好吧，就看一眼。”

第二章

福斯特先生被留在了换瓶室。培育所与条件设定中心主任和他的学生们走进最近的一部电梯，上了5楼。

布告栏上写着一行大字：保育室。新巴普洛夫条件设定室。

主任推开门。他们到了一个空荡荡的大厅里头，整面南墙就是一块大玻璃，阳光充足，很亮堂。六七个护士身穿整套正式的白色粘胶纤维制服——为了避免感染头发都在白色的护士帽底下藏着，正忙着把一盆盆玫瑰花在地板上摆成一排。都是大花盆，一个挤一个，里头的花开得正艳。成千上万的花瓣浑圆饱满，如丝般顺滑，又宛如无数个小天使的脸颊，但在那明媚的阳光的映照下，不只有粉红色的脸和雅利安人的脸，还有泛着亮光的中国小天使的脸和墨西哥小天使的脸，有的大约因为吹多了天堂小号，一个个就像患了中风似的，像死尸那样苍白，也像大理石那样苍白。

培育所与条件设定中心主任进屋的时候，那些护士赶紧挺直了身子听命。

他有些粗鲁地说了句："把书摆一下。"

护士一声也不敢吭，乖乖照做了。她们按照要求把书摆在玫瑰花盆中间，一排保育室专用的四开本的书被打开，图片艳丽，有兽，有鱼，还有鸟，很吸引人。

"现在把孩子们带进来。"

她们赶紧出了屋子，一两分钟后，每人推着一个高高的像是上菜架子的东西进来了。4 个铁丝网隔板上各躺着一个 8 个月大的孩子，长得都一样[①]，都是德尔塔种，都穿着卡其色的衣裳。

"把他们放在地上。"

婴儿们被放下来了。

"现在给他们翻个身，让他们看见那些花和书。"

孩子们被翻了过来，瞬间变得安静下来，然后便朝着那些成堆的鲜艳的玫瑰花，朝着白纸上那些色彩明快艳丽的图案爬过去。他们慢慢爬近了，这时太阳从一时遮挡着它的乌云背后冒了出来。玫瑰花的身体里就像突然充满了激情，迸发出一团团红色的火焰，闪亮的书页上好像弥漫着一层新的深远的意义。一排排正在爬行的婴儿中间响起了一阵阵微弱的兴奋的尖叫声、咯咯声和快活的吱吱声。

主任搓搓手，说道："真棒！简直就跟有意的表演差不多。"

爬得最快的那些孩子早就到了目标跟前。一只只还拿不稳

---

① 显然是被波卡诺夫斯基程序化了的。

东西的小手摸着、抓着、撕扯着那些早就变了形的花，又把书的彩页弄得皱皱巴巴的。主任等他们都快活地忙开了，才说：“注意。”然后抬起一只手，发了个信号。

护士长就站在屋子那头的一个配电板前，这时按下了一根小小的控制杆。

就听一声巨响，声音越来越刺耳，警报器发出一阵阵尖叫声，警钟也疯了似的响了起来。

孩子们被吓了一跳，发出尖厉的哭号声，因为恐惧，脸都变了形。

主任喊道[①]：“现在，现在我们用柔和的电击来强调一下这节课的精髓。”

他又一挥手，护士长随即按下第二根控制杆。孩子们的哭号声顿时变了调，痉挛性的尖叫声中多出了某种绝望、近乎疯狂的东西，幼小的身体抽搐着，变得坚硬了，四肢不停抽动，就好像被无形的电线拉扯一样。

主任声嘶力竭地解释道：“我们也可以给整块地板通电，不过现在这样就足够了。”他向护士长发了个信号，爆炸声停止了，警钟不叫了，警报器的尖叫声也越来越小，最后归于沉寂。那些僵硬的、抽搐的小身体放松了下来，小疯子们原本已转为啜泣和哀号的声音，又一次变成了因为正常的恐惧而发出的那种哭号。

---

① 噪音太大，都快把人的耳朵给震聋了。

“再让他们看看那些花和书。”

护士们照做了，可那些孩子一看到那些小猫咪、小鸡和咩咩叫的黑羊的艳丽图片，就被吓得朝后退缩，哭号声也突然变大了。

主任得意扬扬地说：“注意。注意。”

书和巨大的噪音，花和电击，这些成对的事物早就在孩子们那幼小的心灵中紧密地联系在了一起。接连上 200 次这样或者类似的课程，那种亲密的关系已经不能分割开了。人为的联系自然是无力分开的。

主任说道：“他们会带着心理学家过去常说的‘本能的’对于书和花的仇恨长大成人。本能反应的条件设定成功以后再也不会更改。他们一辈子都不会受到书籍和植物的毒害了。”然后转过身去对护士们说，“把他们带走。”

身穿卡其色衣服的孩子们还在哭号，却已经被放回到了上菜架子的隔板上推了出去，只留下一股酸牛奶的气味和一种十分讨人喜欢的安静。

有个学生把手举了起来，虽然他很明白不能让低等人读书浪费社会的时间，低等人读书总会有使他们的某个早就设定好的条件失效的风险，却……却……这么说吧，却总搞不懂花有什么危害。为什么要费这么大的力气让德尔塔们从心理上讨厌花呢？

培育所与条件设定中心主任耐心地做了解释。让孩子们一见到花就被吓得连声尖叫是出于高度节约政策的考虑。不久前[1]，伽马们、德尔塔们，甚至还有伊普西龙们，都被设定了喜欢花的条件——特殊条件是喜欢花，一般条件是喜欢大自然。当然考虑的是让他们一得着机会就去乡下看花，逼着他们花交通费。

那个学生问道："怎么，他们没花交通费吗？"

培育所与条件设定中心主任答道："花了，花了，还花了不少呢。可除了花交通费就没别的了。"

主任指出，报春花和风景有一个致命的缺点：都是免费的。光看风景了，厂子里的事就没人做了。因此至少取消了下等人对自然的喜爱，可取消是取消了，但花交通费的倾向并没有取消。因为，虽说他们不喜欢去乡下了，可让他们继续这么做还是十分有必要的。问题是应该找到一个让他们乖乖花交通费的更站得住脚的理由，而不是仅仅出于对报春花和风景的喜爱。后来理由及时找到了。

主任最后说道："我们既为大众设定好了憎恨乡下的条件，又为他们设定好了喜爱一切户外运动的条件。与此同时，我们确保所有的户外运动都要使用精妙的器械。这样一来，他们既要消费工业品又要花交通费。这才有了那些电击。"

那个学生说了句："我明白了。"然后就不吭声了，沉浸在了对主任的钦佩中。

一阵沉默，然后主任清清嗓子开口说道："以前，那时候

① 大概一个世纪以前吧。

我主福特依然在世，有一个叫鲁宾·拉宾诺维奇的小男孩。鲁宾的父母都讲波兰语。”主任打断了自己，问道，“我想你们都知道波兰语是什么东西吧？”

“一种死掉的语言。”

另外一个学生为了显摆自己懂得多，多管闲事地补充道：“就像法语和德语。”

培育所与条件设定中心主任问道：“还有父母，对不对？”

一阵令人不安的沉默。有几个男生羞红了脸。他们还没有学会辨别淫秽科学和纯科学之间的重大却往往非常细微的差别。一个男生终于鼓起勇气把手举了起来。

“人类以前……哦，”他结结巴巴地说道，血涌上了脸颊，“他们以前是胎生的。”

主任点点头，赞许地说道：“说得非常好。”

“婴儿们换瓶的时候……”

“是‘出生’的时候。”主任为他做了纠正。

“哦，然后，他们父母——我是说，不是婴儿，当然了，是别的人。”可怜的孩子被搞得彻底糊涂了。

主任总结道：“简单来说，那时候生孩子的就是父母。”这摊真正的科学的秽物“啪”的一声砸到了那些不敢与他对视的孩子的沉默里头。他坐在椅子上朝后一靠，大声强调这个科学事实，然后严肃地说，“我知道这些都是让人不愉快的事实，但大部分的历史事实都是让人不愉快的。”

他继续讲小鲁宾的故事——小鲁宾，一天晚上，他的父母[1]一时疏忽大意，忘了关他卧室里的收音机[2]。

小鲁宾睡着的时候，伦敦的一档广播节目突然开始播出。第二天早晨，令他那该死的父母[3]大为吃惊的是，他醒过来时竟能一字不差地复述那位怪异的老作家[4]发表的那场冗长的演讲。这位作家名叫乔治·伯纳德·萧伯纳，正在依照一种的确存在的传统讲述自己的天赋。小鲁宾又是眨眼，又是傻笑，当然搞不懂这篇演讲说的是什么了。父母以为他突然发了疯，赶紧让人请来了医生。幸好医生懂英语，听出了那就是萧伯纳昨天晚上在广播中发表的那篇演讲，明白此事意义重大，便给医学杂志写了封信说了这件事。

“睡眠教学法或者叫睡眠教育法因此被发现了。”培育所与条件设定中心主任说完来了一个令人印象深刻的停顿。

方法倒是被发现了，可真正被应用于实践却是很多很多年以后的事了。

“小鲁宾的事是在我主福特生产的第一辆 T 型轿车上市仅 23 年后发生的。”[5]“可是……”

---

① 呸！呸！

② “因为你们必须记住，在那个粗俗的胎生繁殖年代，孩子们都是在父母身旁而不是在国家条件设定中心长大的。”

③ 听到这话，胆子较大的那些孩子竟然相互间咧着嘴傻笑。

④ “他是少数几个获准把作品传给我们的作家之一。”

⑤ 这时主任在肚皮上画了一个 T 字，学生们也都虔诚地跟着画。

学生们狂热地记着。“睡眠教育法是福特214年正式使用的。以前为什么没有用？原因有两个。A是……”

主任继续说道：“这些早期的实验都做错了。当时人们以为可以把睡眠教育法作为一种智力培养的手段。”

一个小男孩正在他的右边睡觉，右胳膊伸了出来，右手软弱无力地从床沿垂了下来。一个轻柔的声音从一个箱子侧面的一个圆形格栅里传了出来：

“尼罗河是非洲最长的河流，也是地球上第二长的河流。尽管长度不及密西西比河，但流域是世界上最大的，流经的纬度高达35度……”

第二天吃早饭时，有人问：“汤米，你知道非洲最长的河流是哪条吗？”对方摇了摇头。“可你不记得那句以‘尼罗河是……’开头的话了吗？”

对方赶紧说：“尼罗河——是——非洲——最长的——河流，也是——地球上——第二长的——河流。尽管——长度——不及……”

“那你说，非洲最长的河流是哪条？”

两眼茫然。“我不知道。”

“是尼罗河，汤米。”

“尼罗河——是——非洲——最长的——河流，也是——地球上——第二长……”

“那非洲最长的河流是哪条，汤米？”

汤米突然放声痛哭，哀号道：“我不知道！”

主任一针见血地指出，就是那种哀号让最早的研究者们泄了气，不做实验了。以后再也没有人在孩子们睡觉的时候问他们尼罗河有多长了。这样做很对。只有弄懂了科学是怎么回事才能掌握科学。

主任在前面带路，一边朝门走去，一边说："然而，如果他们先对孩子们进行道德教育结果就大不一样了。"学生们跟着他，一边走，一边拼命记着，上了电梯还在记。主任接着说："在任何情况下，道德都不能是理智的。"

他们在 14 楼出电梯时，一个扩音器小声说道："安静，安静。"他们每走上一条通道，每隔一段时间，都能听到喇叭不知疲倦地说："安静，安静。"这绝对性的命令让整个 14 楼的空气中都充满了咝咝的声音。

他们踮着脚尖走了 50 码，到了一扇门前，主任很小心地把门推开。他们迈过门槛，到了一间拉着百叶窗的昏暗的宿舍里头。80 张小床靠墙一字排开，能听到轻柔而均匀的呼吸声和连续不断的喃喃声，就好像远处有一些非常微弱的声音在窃窃私语。

他们一进去，一位护士就起身站到了主任跟前。

主任问道："今天上的什么课？"

她答道："前 40 分钟讲的'基础性学'，现在是'阶级意识概论'。"

主任慢悠悠地沿着那一长排小床朝前走着。80 个婴儿都在睡觉，红扑扑的小脸，放松的身体，躺在那里，发出一阵阵轻柔均匀的呼吸声。

屋子那头有个扩音器从墙上探了出来。主任走到扩音器跟前，按下一个电钮。

一个轻柔但是十分清晰的声音传了出来，开头只有半句话：“……都穿着绿色的衣服，德尔塔的小孩子们都穿着卡其色的衣服。哦，不，我才不想和德尔塔的小孩子们一起玩呢。伊普西龙们更差劲。他们蠢透了，连读书、写字都不会。他们还穿着黑色的衣服，好讨厌的颜色啊。我很高兴我是个贝塔。”

停了一下，那声音又开始了。

“阿尔法的小孩子们穿的是灰色的衣服。他们干起活来比我们卖力得多，因为他们太聪明啦。我是个贝塔，不用做得那么辛苦，我真是太高兴啦！另外，我们比伽马们和德尔塔们要好得多。伽马们都是大笨蛋，他们都穿绿色的衣服，德尔塔小孩子们都穿着……”

主任又按了一下电钮。声音不响了。只有那轻微的鬼魂般的声音仍在那 80 个小枕头下面喃喃。

“这些话还要重复四五十遍他们才能醒呢，星期四还要重复，星期六也要重复。一周做 3 次，每次 120 分钟，连做 30 个月。之后他们就要上高级课程了。”

玫瑰花和电击，德尔塔们穿卡其色的衣服和一股阿魏树脂的气味——在孩子们说话前就已经在他们那幼小的心灵深处不可分割地联系在一起了。但不用言辞的条件设定是粗鲁的，没有任何分别的，无法体现出更加细微的差别，无法反复强调更加复杂的行为课程。所以必须要说话，但说的必须是无理的胡话。简而言之，就是睡眠教育法。

“这是有史以来最强大的道德化和社会化的力量。”

学生们赶紧把这句话记在了他们的小笔记本上。这可是伟大领袖亲口说的。

主任又按了一下那个电钮。

“……太聪明啦。”那个轻柔、不知疲倦、暗示性的声音说道，“我是个贝塔，我真是太高兴啦，因为我……”

不太像水滴的声音，虽然水滴真的能够将最坚硬的花岗石击穿；倒像是滴蜡的声音，一滴滴的蜡黏附在承接它们的石头上，在石头表面形成一个外壳，与石头结合在一起，直到最后变成一个红疙瘩。

“最后，孩子们的心中塞满了这些暗示，这所有的暗示就成了孩子们的思想。不光是孩子们的心中塞满了这些暗示，大人们的心中也塞满了这些暗示——他们一辈子就这么过了。心做出判断，滋生渴望，做出决定——却塞满了这些暗示。但所有的这些暗示都是我们给的！”主任快活地都快要叫起来了。“这都是国家的。”他砰地一拳砸在离他最近的那张桌子上，继续说道，“因此应该跟随……”

他用一种不同的语调说道：“哦，我主福特啊！我只顾着说话了，都把孩子们吵醒了。”

第三章

该去外面的花园里玩了。6 月的阳光正暖和，六七百个小男孩小女孩都脱得赤条条的，有的尖叫着在草地上跑来跑去，有的玩球，还有的三个一群两个一伙在开满鲜花的灌木丛中一声不吭地呆坐着。玫瑰花开得正艳，两只夜莺在小树林里自言自语，一只布谷鸟在酸橙树林中唱着走了调的歌。蜜蜂和直升机的嗡嗡声使空气中充满了睡意。

主任和他的学生们站了一会儿，看孩子们玩一种叫作“离心九孔”的游戏。20 个孩子绕着一座铬钢塔围成一圈。有人把一个球抛得高高的，让它落在塔尖的一个平台上，然后滚入塔内，落在一个快速旋转的盘子上，再从柱形箱子上的很多小洞里被甩出来，孩子们得去抓住球。

他们转身要走的时候，主任若有所思地说：“奇怪，现在都是我主福特的年代了，大多数的游戏却依然不过是一两个球和几根棍子，可能还有一小块网布，好奇怪啊。让人们玩精妙复杂的游戏，但这些游戏又对消费没有任何的促进作用，想想看，这种做法该有多蠢。简直是疯了。如今，除非一种新的游戏能够证明它至少需要同现有的最为复杂精妙的游戏一样多的设备，否则管理者是不会批的。”他打断了自己。

他指着某个地方，说道：“那对小家伙可真好看。”

在一个长满青草的小河湾旁，在高高的地中海欧石南丛中，有两个孩子，一个男孩，差不多7岁，一个女孩，可能要大一岁，正在非常认真地、带着科学家的那种聚精会神的劲头儿，专注地从事着一项探索性的工作。一种初期的性爱游戏。

主任深情地重复道：“好看，真好看！”

孩子们礼貌性地附和道：“好看。”但他们的笑容里透出了几分优越感。这种幼稚的娱乐活动他们最近才不玩了，因此看到他俩胡搞难免会露出几分鄙夷的神色。好看？不过是两个小屁孩儿瞎胡闹罢了，就是这么回事。他们就是两个小屁孩儿。

“我总觉得。”主任继续用他那深情的语调说着，却被一阵大声哭泣的声音打断了。

近处的一片灌木丛中闪出来一位护士，拉着一个小男孩的手，那孩子边走边号。一个神色焦虑的小女孩紧跟在她的身后。

主任问道：“出什么事了？”

那个护士耸耸肩，说道：“也没出什么大事，就是这个小男孩有些不愿意玩平常的性游戏。这种情况我以前发现过一两次。今天他又这样搞。他刚才突然大喊大叫起来……”

那个神色焦虑的小姑娘插嘴道：“真的，我真的没想弄疼他，没想把他怎么样。真的。”

护士安慰她道：“亲爱的，你当然不是故意的了。”然后又转身对主任说，“所以我才要带他去看心理主任助理。看看他是不是有哪里不对劲。”

主任说：“做得很对。那就带他去吧。小姑娘，你就别去了。”看着护士带着她那个仍在哭号的被监管的小男孩走远了这才又说，“你叫什么名字？”

“菠莉·托洛斯基。”

主任说道：“名字也很好听。现在去吧，看看能不能找到愿意和你一起玩的小男孩。”

那孩子蹦蹦跳跳地进了灌木丛，看不到了。

主任看着她的背影，说道：“多可爱的小家伙啊！”然后转过身去对着他的学生们说，“我现在要对你们说的好像有些……有些令人难以置信。不过呢，在你们对历史还不了解的时候，大部分的历史事实听起来的确有些令人难以置信。”

他说出了下面这个惊人的事实。在我主福特年代之前的很长一段时间内，甚至在这之后的几代，孩子们之间的性游戏一直被认为是不正常的[①]，不但是不正常的，更是不道德的[②]，因此一直受到无情的压制。

他的听众脸上露出震惊、不敢相信的神色。不让可怜的小孩子们快活？他们简直不敢相信这是真的。

主任说道：“就连青少年也不让呢，即使你们这样的青少

---

① 一阵哄笑。

② 不！

年也不让……”

“不可能！”

“除了一点儿偷偷摸摸的自慰和同性恋行为——就什么也没有了。”

“什么也没有了？”

“多数情况下，要等到他们过了20岁才能干那事。”

“20岁？”学生们用不敢相信的声音大声喊道。

主任重复道：“是20岁，我不是跟你们说了吗，你们是不会相信的。”

他们问：“可是后来发生了什么事呢？结果怎么样了？”

一个洪亮的声音冷不丁地插嘴道：“结果很糟糕。”

他们四下张望。这一小群人的边上站着一个陌生人——一个男人，中等身材，黑发，鹰钩鼻子，通红的嘴唇，一双黑色的眼睛里射出十分锐利的光。这人又说了一遍：“很糟糕。”

那个时候，主任已经坐到了为了方便人们使用而散放在花园里的一个用钢和橡胶做成的长椅上，可一见到这个陌生人便慌忙站了起来，两只手朝前伸着，笑得满嘴的牙都露了出来，十分热情地冲了过去。

“主席！多么大的荣幸啊！孩子们，你们还在想什么呢？这就是尊敬的主席阁下，穆斯塔法·蒙德。”

培育所与条件设定中心，4000个房间里的4000个电子钟表同时敲响了4点，喇叭里传出的声音不像是人发出来的。

“头班下班，次班接班。头班下班……”

亨利·福斯特和命运预定中心主任助理在去更衣室挤电梯

的时候见到了心理局的伯纳德·马克思，就直截了当地把各自的身体转了过去：他们不想看到这个名声不好的家伙。

微弱的嗡嗡声和机器的咯咯声仍在搅动着胚胎室里深红色的空气。换班的人来来去去，一张张狼疮脸给另外一张张狼疮脸腾着位置，传送带庄重又永不停息地载着未来的男男女女朝上攀爬。

列宁娜快步朝门口走去。

我主穆斯塔法·蒙德阁下！敬礼的学生们的眼珠子都快蹦出来了。穆斯塔法·蒙德！常驻西欧的统治者！世界十大领袖之一……他和培育所与条件设定中心主任坐在一条长椅上了，他会暂时留在这里，没错，留在这里，真的要暂时留在这里和他们说话了……尊听伟大领袖的直接教诲。就像尊听我主福特的直接教诲一样。

两个虾棕色皮肤的孩子从附近的一片灌木丛中出现了，用惊愕的大眼睛注视了他们一会儿就又回到树丛中去玩了。

主席用深沉有力的声音说道："我想你们都记得，都记得我说过的那句美妙的警句：历史都是骗人的，历史，"他慢悠悠地重复道，"都是骗人的。"

他大手一挥，就像用一个鸡毛掸子扫掉了一点灰尘，那灰尘就是哈拉帕，就是迦勒底的乌尔，就是一些蜘蛛网，就是底比斯、巴比伦、科诺索斯和迈锡尼。刷，刷——奥德修斯去哪里了？约伯呢？朱庇特、释迦牟尼和耶稣呢？

刷——叫雅典、罗马、耶路撒冷和中央王国的那些古老的地方——都消失了。刷——以前叫意大利的那个地方空了。刷，大教堂们都被刷没了；刷，刷，李尔王和帕斯卡尔的思想都被刷没了。刷，耶稣受难曲没了，安魂曲没了；刷，交响曲没了；刷……

命运预定中心主任助理问道："亨利，今晚去看感官电影吗？听说在爱尔汗布拉宫里拍摄的那部新电影是一流的。有一场熊皮地毯上的激情戏，听说精彩极了。熊皮上的每一根毛发都是按照1∶1复制的。最令人惊叹的触觉效果。"

主席说道："因此就不给你们上历史课了。但现在该……"

培育所与条件设定中心主任紧张不安地看着他。曾有一些奇怪的留言，说主席的书房里藏着一些古老的禁书。有《圣经》、诗集——只有我主福特才知道有什么。

穆斯塔法·蒙德截住了他那焦虑不安的目光，红色嘴唇的两个角讥讽似的抽动了那么几下。

他用略带嘲弄的口气说道："主任，放心好啦，我是不会把他们教坏的。"

培育所与条件设定中心主任被搞得窘迫死了。

觉得自己受了鄙视的人就该摆出一副鄙视对方的样子。伯纳德·马克思的笑是鄙视性的。熊皮上的每一个毛发！

亨利·福斯特说："我决定去。"

穆斯塔法·蒙德身体前倾，伸出一根手指，冲着他们晃了晃。他用一种奇怪的、令他们横膈膜战栗的声音说道："试着想一下，想一下有个胎生的母亲是一种什么样的感觉。"

又是那个肮脏的词，但这次他们谁都没敢笑。

"试着想一下，'一家人团圆'是什么意思。"

他们试了，但显然一无所获。

“你们知道‘家’是什么东西吗？”

他们摇了摇头。

列宁娜从她那间暗红色的地下室快速升到17楼，出电梯向右拐，走过一条长长的过道，推开那道写着“女更衣室”的门，扎进了一片充斥着手臂、乳房和内衣、震耳欲聋的混乱中。如注的热水正在灌入或者流出100个浴盆。80个真空振动按摩仪发出隆隆和咝咝的声音，正在揉捏、吮吸80个曼妙女士那结实的晒黑的身体。每个人都在大声说话。一台组合音响正播放一支悠扬的超级短号独奏曲。

列宁娜对占着她旁边的晾衣架和衣物柜的那位姑娘说道：“你好，范妮。”

范妮在换瓶室工作，也姓克劳。但考虑到这个行星上的20亿居民只有一万个姓，这种巧合也就不足为怪了。

列宁娜拉开拉链——外套上的拉链，又用两只手拉开连着裤子的那两条拉链，脱掉内衣裤，穿着鞋和长筒袜就朝浴室走去了。

家，家——几个小房间，一个男人，一个不时怀孕的女人，再加上一群七长八短的孩子，憋闷地挤在一起生活。没有新鲜的空气，没有自由的空间，就是一座消毒不彻底的监狱，黑暗、疾病和各种难闻的气味充斥其中。[①]

列宁娜出了浴室，拿条毛巾擦干身体，拿起一根插在墙上的软管，让管嘴对准自己的乳房，扣动扳机，就好像要自杀一样。一股热乎乎的空气混合着最精细的爽身粉喷洒在她的身上。8 种不同的香水包括古龙香水就装在澡盆上方的小水龙头里。她拧开左边第 3 个水龙头，喷了些西普香水，然后拎着鞋和长筒袜走出浴室，想找个没人用的真空振动按摩仪。

家是肮脏的，外头脏，里头也脏。里头就是一个兔子洞，就是一个粪坑，人们挤在一起生活，摩擦生热，彼此间产生着臭烘烘的感情。那种亲密的关系多么令人窒息！家庭成员之间的那种关系又是多么危险、疯狂和下流！母亲疯狂地搂着她的孩子[②]……就像一只母猫保护着它的幼崽们。但这只母猫会说话，会说："我的孩子，我的孩子。"一遍又一遍地说个不停，"我的孩子，哦，哦，快过来吃奶吧，看看这小手，瞧瞧饿得那个样！我的孩子终于睡着了，我的孩子嘴角上留着白色的奶沫就睡着了。我的宝贝睡着了……"

列宁娜用完真空振动按摩仪回来了，宛如一颗光亮通透的珍珠，浑身上下闪着粉红色的光。她问范妮："你今晚和谁一块出去？"

---

① 主席描述得太形象了，有个孩子要敏感一些，听了他说的，脸顿时变得苍白，差点就吐了。

② "她"的孩子！

“没人。”

列宁娜吃惊地挑了挑眉毛。

范妮解释道：“我最近觉得身体很不舒服，威尔斯医生建议我吃一点代妊娠素。”

“可是，亲爱的，你才19岁啊。21岁才要强制吃代妊娠素呢。”

“我知道，亲爱的。不过有的人吃得越早越好。威尔斯医生告诉我，像我这种棕发、骨盆又宽大的女人17岁就该吃代妊娠素了。因此我不是早了两年而是晚了两年。”她打开衣物柜的门，指了指上层隔板上放着的那一排小盒子和贴着标签的药瓶子。

列宁娜大声地读出了那些名字：“妊娠素精糖浆，卵素，保质期，福特632年8月后不得服用。乳腺精，每日服用3次，饭前用少量温水冲服。胎盘素，每3天静脉注射5毫升……啊！”列宁娜打了一个寒战，“我最讨厌静脉注射了，你讨厌吗？”

“讨厌。可是只要对人有好处……”范妮是个特别懂事的姑娘。

我主福特——或者说我主弗洛伊德——不知怎么回事，他每次谈心理学的问题时总是这么称呼自己——我主弗洛伊德是第一个揭示家庭生活有骇人危害的人。这个世界上充斥着父亲——因此充斥着痛苦；充斥着母亲——因此充斥着上至性虐待下至禁欲的各种性变态行为；充斥着兄弟姐妹、叔叔舅舅、姑妈姨妈——因此充斥着疯狂和自杀。

“然而，在新几内亚海岸的某些岛屿上，在萨摩亚群岛的野蛮人之间……”

热带的阳光像蜜一样照射在木槿花丛中赤身裸体淫乐嬉戏的孩子们身上。20 座用棕榈叶做顶搭建成的小屋，随便哪一座都可以被称为家。在特罗布兰德人眼中，怀孕是祖先们的鬼魂干的事，谁也没有听说过父亲这回事。

主席说道：“两个极端相遇了。它们注定要走在一起。”

“威尔斯医生说，现在给我开 3 个月的代妊娠素，在接下来的三四年里，对我的健康大有好处。”

列宁娜说：“哦，希望他说的是真的。可是，范妮，在接下来的这 3 个月里，你不会真的……”

“哦，不会的，亲爱的。就一两个星期，就这样。我晚上就在俱乐部玩音乐桥牌打发时间。我猜你要出去了，对吗？”

列宁娜点点头。

“和谁？”

“亨利·福斯特。”

“又是他？”范妮那张友好、满月般的脸上露出了一种痛苦、失望和惊讶的神色，“你是说你还要和亨利·福斯特一起出去啊？”

母亲和父亲，兄弟和姐妹，还有丈夫、妻子和恋人，还有一夫一妻制。

穆斯塔法·蒙德说道：“也许你们可能都不知道我说的是什么。”

他们摇了摇头。

家庭，一夫一妻制，爱情。都是唯一的，都是专注于一件事，都把冲动和精力限定在了一个狭小的空间里。

他最后引用睡眠教育法的格言说道："但人人彼此相属。"

学生们点点头，着重表明他们认同这句话。这句话在黑暗中重复了 62000 次之多，让他们不但视作真理予以接受，更认为是不言自明、完全不容置疑的。

列宁娜反驳道："可是我和亨利毕竟只好了 4 个月啊。"

"只好了 4 个月！我喜欢听这句话。还有，"范妮伸出一根手指，用责备的口气继续说道，"这段时间，除了亨利，你没和别的男人好过，对吗？"

列宁娜的脸羞得通红，但眼睛和说话的口气中仍然透着一种不服的意味。"是的，没有别的男人。"她几近粗鲁地说道，"我就不明白了，为什么非得和别的男人来往不可。"

"哦，她就不明白了为什么非得和别的男人来往不可。"范妮重复道，就好像和列宁娜左肩膀后面某个无形的听者在说话。然后，她的口气突然变了，说道："可是说真的，我的确觉得你应该小心点。和一个男人就这么过下去真是太糟糕了。40 岁或者 35 岁还好，可你才到这个岁数，列宁娜！不行，这绝对不行。你知道的，培育所与条件设定中心主任有多反对强烈的或者长久的感情。和亨利·福斯特都好了 4 个月了还没有换男人——哦，他要是知道了肯定会勃然大怒的……"

主席说道："想想管子里头压力下的水。"他们立刻想象起来。"我扎过一回，水喷得那叫一个猛！"

他扎了 20 回。有了 20 个像撒尿一样的小喷泉。

"我的孩子。我的孩子……"

“母亲！”疯狂是可以传染的。

“我的宝贝，我的唯一，我的宝贝，宝贝……”

母亲，一夫一妻制，爱情。喷泉喷得那么高，疯狂的水流喷射得那么猛烈，又有那么多的泡沫。冲动只有一个发泄口。我的宝贝，我的孩子。怪不得那些前现代人那么疯狂、那么邪恶、那么悲惨呢。他们的世界不允许他们过得轻松，不允许他们变得理智、高尚、快活。因为有母亲和爱人，有他们无须遵守的禁忌，有诱惑和独自的悔恨，有所有的疾病和无穷无尽的孤独的痛苦，有不确定性和贫困——他们不得不逼迫自己坚强起来。让自己变得坚强[①]，他们怎么可能稳定呢？

“当然了，也没必要甩了他。不时换个男人，就这样。他有别的姑娘，对吗？”

列宁娜承认这一点。

“他当然有了。相信亨利·福斯特是一位完美的绅士——永远不会错的。还要考虑到主任那里。你知道他这个人是很固执的……”

列宁娜点点头，说道：“他今天下午还拍我屁股了呢。”

范妮得意地说：“嘿，瞧见了吧！那就表明了他的态度。最严格的规矩。”

主席说道：“稳定，稳定。社会不稳定，文明就不存在。个人不稳定，社会就不稳定。”他的声音就像小喇叭一样。他

---

① 在孤独中，在绝望的个人的孤独中变得坚强。

们听着，觉得心变得更加宽广、更加暖和了。

这台机器转啊，转啊，必须永远运转下去。它要是不动了，就是死掉了。10 亿人在地球表面挣扎。轮子开始转动。再过 150 年，地球上就有 20 亿人了。让所有的轮子停止转动。150 个星期之后，地球上就又有 10 亿人了，那 10 亿男女都被饿死了。

轮子必须稳定地转动，但没人管不行。必须有人照管它们，必须有稳定的像车轴上的轮子那样的人照管它们，必须有理智的、忠诚的、安于现状的人照管它们。

呼喊着：我的宝贝，我的母亲，我唯一的爱；呻吟着：我的罪，我敬畏的上帝；痛苦地尖叫着；发烧了，被烧得直哼哼；悲叹衰老和贫穷——这样的人怎么照管车轮？如果由他们照管车轮，掩埋或者焚烧 10 亿人的尸体就成了一件难事。

范妮用劝诱的口气说道："毕竟，除了亨利，再找一两个男人也不是什么痛苦或者见不得人的事。明白了这一点，你就应该变得随便点……"

主席坚持说："稳定，稳定。稳定压倒一起。稳定。记住我说的话。"

他大手一挥，指了指花园、条件设定中心大楼、在灌木丛中偷偷摸摸行事和跑过草坪的赤身裸体的孩子们。

列宁娜摇摇头，沉思道："不知怎么的，我最近不太想变得那么随便。人有时候并不想变得太放纵。范妮，你发现这一点了吗？"

范妮感同身受地点点头，然后简短地说："可你得努力才行啊。你得玩这个游戏，毕竟人人彼此相属。"

"是的，人人彼此相属，"列宁娜慢慢地重复道，然后叹了口气，沉默了片刻，拉起范妮的一只手，轻柔地握着说，"你说得很对，范妮。还像以前一样，我会努力的。"

冲动受了压抑就会溢出来，冲动的激流是感情，是激情，甚至是疯狂，它究竟是什么，取决于激流的冲击力、障碍物的高度和坚固程度。没有受到抑制的冲动的激流会循着预定的渠道缓缓地进入一种平静的幸福状态。胚胎饿了，代血剂泵以每分钟 800 次的频率日夜不停转动。换瓶的婴儿在哭号，一位护士拿着一瓶外用分泌物立即现身。感情就像潜藏在欲望和满足之间那段间隔的时间里。缩短那段间隔的时间，砸烂一切旧有的不必要的障碍。

主席说道："幸运的孩子们啊！我们为了让你们的感情生活变得更加轻松，不惜付出辛劳——用尽一切可能的手段保护你们，不让你们产生任何感情。"

培育所与条件设定中心主任喃喃道："福特在汽车里，天下太平。"

亨利·福斯特拉好裤子拉链，重复了一遍命运预定中心主任助理提出的问题："列宁娜·克劳？哦，那姑娘不错。身材一级棒。我很惊讶你居然没得到过她。"

命运预定中心主任助理说道："我也不知道为什么。一得着机会我肯定会得到她的。"

伯纳德·马克思就在更衣室过道对面，听了他们的谈话，脸顿时变得苍白了。

列宁娜说道："说真的，每天跟亨利在一起，没有什么别的事做，我也有点厌倦了。”她穿好了左腿的长筒袜，“你认识伯纳德·马克思吗？”她用一种过于随便的口气说，但这种口气显然是强装出来的。

范妮显出一副很吃惊的样子。“你不会是想说……”

“为什么不呢？伯纳德是个阿尔法加。还有，他约我同他一起去一个野蛮人居留地。我一直想去野蛮人居留地看看呢。”

“可他的名声？”

“我管他的名声干吗？”

“听说他不喜欢玩障碍高尔夫。”

列宁娜嘲讽道：“听说，听说。”

“还有，他多数时候总是一个人待着——一个人。”范妮的语气中透出了一丝恐惧。

“嗯，等我和他在一起了他就不再是一个人了。还有，人们怎么对他那么不好，我倒觉得他蛮招人喜欢的。”她暗暗地笑了，他怎么那么腼腆，让人觉得好可笑！看看他那个害怕的样子——就好像她是一位世界领袖，他是一个照管机器的伽马减似的。

穆斯塔法·蒙德说道：“想想你们自己的生活。你们当中有谁曾碰到过无法逾越的障碍吗？”

一片沉默，表明谁也没有碰到过。

“你们当中有谁曾长时间压抑得不到满足的欲望吗？”

“这个。”有个孩子想说，却又犹豫了。

培育所与条件设定中心主任说道：“大声说出来，别让我主福特等着。”

“有一回，我等了差不多4个月才得到我喜欢的一个女孩。”

“是不是感到一种强烈的冲动？”

“冲动得厉害。”

主席说：“确切地讲，应该是冲动得可怕。我们的祖先愚蠢透顶，目光又极为短浅。当初，最早的改革者出现在他们面前，主动提出帮助他们摆脱这些可怕的感情时，他们竟然理都不理人家。”

伯纳德咬牙切齿地想着：“他们说她就好像在说一块肉。在这里上她，在那里上她。把她作践成了一块羊肉。她说她会考虑一下，这周给我答复。哦，福特，福特，福特。”他真想冲到他们面前，揍他们的脸蛋儿——狠狠地揍，不停地揍。

亨利·福斯特说道：“嗯，我真的建议你试她一回。”

就说胚胎的体外人工培育吧。菲茨纳和川口早就掌握了成套的技术。可政府看了一眼吗？没有。有一种叫作基督教的东西，总是强迫女人怀孩子。

范妮说道：“他长得好丑啊！”

“我倒很喜欢他的样子。”

“还那么小。”范妮做了个鬼脸。个子小就是十足的典型的贱种。

列宁娜说：“我倒觉得小个子男人蛮可爱的，让人产生一种怜爱的感觉，想去抚摸他们，知道吗，就像抚摸一只小猫咪那样。”

范妮惊呆了。“听说他还在瓶子里的时候，有人犯了个错误——误认为他是个伽马，把酒精倒进了代血剂里头。这才搞得他个子这么小。”

列宁娜愤怒地说道：“简直是胡说八道！”

“睡眠教育在英国其实是明令禁止的。有一种叫作自由主义的东西。你们知道什么叫议会吗？议会通过了一项法律，禁止了睡眠教育。卷宗还在。当时有一些发言，认为人们在这件事上有自由选择的权利，有无能和过苦日子的自由，有不称职的自由。”

亨利·福斯特拍着命运预定中心主任助理的肩膀说道：“可是，我亲爱的伙计，你是受欢迎的，这一点你尽管放心，你是受欢迎的。毕竟人人彼此相属嘛。”

睡眠教育专家伯纳德·马克思想道：这句话每周3个晚上每个晚上都要重复100遍，一直要重复4年。一句话重复62400次就成了真理。真是一对白痴。

“或者就说等级制度。不断被提出，不断被否决。有一种叫作民主的东西，就好像人们除了物理和化学上的平等，在别的方面也平等似的。”

“嗯，我只想说我会接受他的邀请。”

伯纳德恨他们，恨他们。但他们有两个人，他们又高大又强壮。

“九年战争始于福特141年。”

“就算他的代血剂里头掺了酒精我也不会改变主意。”

“光气，三氯硝基甲烷，碘乙酸乙酯，二苯代胂氰，三氯甲基，氯甲酸酯，硫代氯甲烷，这些东西都用过了。更别提什么氢氰酸了。”

列宁娜最后说道："反正我不相信。"

"14000架飞机保持疏散队形向前飞行时发出的噪音。但炭疽弹在库弗斯滕丹和第八郡的爆炸声就和纸袋子爆裂的声音差不多响。"

"因为我真的想去野蛮人居留地看看。"

"$CH_3C_6H_2(NO_2)_3$+$Hg(CNO)_2$等于，呃，什么呢？地上的一个大窟窿，一堆破砖烂瓦，几块肉和几摊黏液，一只脚，还穿着靴子，飞过空中，啪的一声落在天竺葵花丛中——鲜红色的天竺葵花丛中，那年夏天的表演真是精彩！"

"你没救了，列宁娜，我不说你了。"

"俄国人污染水源的技术特别巧妙。"

范妮和列宁娜背对着背，一声不吭地继续换衣服。

"九年战争，经济大崩溃。要么统治世界，要么让它毁灭；要么稳定，要么……"

命运预定中心主任助理说道："范妮·克劳那姑娘也不错。"

保育室里，阶级意识基础课已经上完，一堆声音正在要求未来的工业品供应适应未来的需求。"我真的好喜欢坐飞机，"他们低声说，"我真的好喜欢坐飞机，我真的好喜欢新衣服，我真的好喜欢……"

"当然了，自由主义被炭疽弹炸死了，但仍然不能靠武力行事。"

"没有列宁娜的身材好。哦，赶不上她。"

那些低低的声音仍在不知疲倦地说着："可是旧衣服太让人讨厌了。旧衣服我们总是随手扔掉的。扔衣服比补衣服好，

扔衣服比补衣服好，扔衣服比……”

“搞政治得坐着搞，不能靠打，得用脑子和屁股，决不能用拳头。比如强制消费……”

列宁娜说道：“喂，我收拾好啦。”但范妮还是一句话也不说，不去看列宁娜。“我们和好吧，亲爱的范妮。”

“每个男人、女人和孩子每天必须消费那么多东西。为了工业的利益。唯一的结果是……”

“扔衣服比补衣服好。补丁越多，人越穷；补丁越多……”

范妮忧郁地强调说：“总有一天你会遇到麻烦的。”

“大规模的出于良心上的反对。什么都不买。回归自然。”

“我真的好喜欢坐飞机，我真的好喜欢坐飞机。”

“回到文化上来。是的，实际上要回到文化上来。踏踏实实坐着读书消费不了多少东西。”

列宁娜问道：“我这样子还好吧？”她的外套是用深绿色的醋酸纤维布做的，袖口和领子上饰有绿色的粘胶纤维毛。

“在戈尔德斯格林，800 名普通士兵倒在了机枪的扫射之下。”

“扔衣服比补衣服好，扔衣服比补衣服好。”

绿色的灯芯绒内裤和白色的粘胶羊毛长筒袜被拉到了膝盖以上。

“然后，著名的英国博物馆大屠杀开始了。2000 名知识分子被二氯二乙硫醚毒死了。”

一顶绿白纹相间的鸭舌帽遮住了列宁娜的眼睛，她的鞋是鲜绿色的，擦得锃亮。

穆斯塔法·蒙德说道："最后，统治者们意识到武力并不是解决问题的最好办法，于是采取了缓慢却绝对有效的办法，比如胚胎体外人工培育法、新巴甫洛夫条件设定法和睡眠教育法……"

她的腰上系着一条绿色仿摩洛哥皮镶银腰带，里头装的是需要定期服用的避孕药[①]，鼓鼓囊囊的。

"菲茨纳和川口的发现终于被采用了。掀起了一场声势浩大的反对胎生繁殖的宣传运动。"

范妮热情地叫道："美极啦！"她始终无法长时间地抗拒列宁娜的魅力。"这条马尔萨斯腰带可真漂亮！"

"同时发生了一场除旧运动，关闭了博物馆，炸掉了历史纪念碑[②]，查禁了福特150年之前出版的所有书籍。"

范妮说道："我非要买一条这样的腰带不可。"

"比如，有一些叫作金字塔的东西。"

"我那条黑色的旧专利皮带……"

"还有一个叫莎士比亚的人。我说的这些事你们绝对没听过。"

"我那条皮带难看死了。"

"这就是真正的科学教育的种种好处。"

"补丁越多，人越穷。补丁越多，人越穷……"

---

① 列宁娜不是不孕女。

② 幸好大部分的纪念碑在九年战争中都被毁掉了。

“我主福特第一辆T型车的引入……”

“我这条腰带用了差不多3个月了。”

“那一天被选定为新纪元的开始。”

“扔衣服比补衣服好；扔衣服比……”

“我刚才说过，有一种叫作基督教的东西。”

“扔衣服比补衣服好。”

“消费不足的伦理学和哲学基础。”

“我喜欢新衣服，我喜欢新衣服，我喜欢……”

“在生产不足的年代是很有必要的，但在一个机械化和氮合成的年代——这的确是一种反社会的罪行。”

“亨利·福斯特给我的。”

“十字架的上部被切掉了，成了一个T字。还有一种叫作上帝的东西。”

“真的是仿摩洛哥皮的。”

“世界国现在是我们的了。还有福特日的庆祝活动、社会歌和团结礼一致礼拜会。”

伯纳德·马克思暗想：“福特，我恨死他们了！”

“有一种叫作天堂的东西，但他们过去还是经常大量饮酒。”

“就像肉，就像一大块肉。”

“有一种叫作灵魂的东西，还有一种叫作永恒的东西。”

“千万问问亨利是从哪里买的。”

“但他们过去常常服用吗啡和可卡因。”

“更糟糕的是，她也把自己看作一块肉。”

“福特118年，2000位药理学家和生物化学家获得了资助。”

命运预定中心主任助理指着伯纳德·马克思说道：“他看起来的确一副闷闷不乐的样子。”

“6 年后就投入商业性生产了。那种完美的药。”

“我们引诱他一下。”

“快活，麻醉感，美妙的幻觉。”

“不高兴啦，马克思，不高兴啦。”肩膀被拍了一下，让他一惊，把头抬了起来。是那个粗野的亨利·福斯特。“你需要来一克苏摩。”

“具有基督教和酒精的一切好处，两者的坏处却一点没有。”

“福特，我真想杀了他。”可他只是说了一句，“不用了，谢谢。”便推开了递过来的一瓶药。

“给自己放个假，挣脱现实的羁绊，想什么时候走就什么时候走，回来头就不那么痛了，也不再那么相信神话了。”

亨利·福斯特一定要他吃。“吃吧，吃吧。”

“实际上，稳定得到了保证。”

命运预定中心主任助理引用一句朴素的睡眠教育格言道：“1 立方厘米能治愈 10 种悲伤的情绪。”

“只剩下征服衰老这一件事了。”

伯纳德·马克思大声喊道：“去你妈的，去你妈的！”

“啧，啧。”

“性激素，输年轻血液，镁盐……”

“你要记住，一克药就能让你快活起来。”他们哈哈大笑着出去了。

“衰老的一切生理特征都消失了。当然了，与此同时……”

范妮说道："别忘了问问他那条马尔萨斯皮带的事。"

"与此同时，老年人的一切心理特征也都消失了。性格始终不变。"

"……天黑前打两局障碍高尔夫。我们得赶紧走了。"

"工作，娱乐——等到了 60 岁，我们的体力和品味还像 17 岁那样。旧社会黑暗，老年人常常放弃应有的权利，退休，皈依宗教，借着读书和思考打发时间——思考！"

"现在好了——进步是巨大的——老年人在工作，在交配，在没日没夜地享受，连坐下来思考的工夫也没有——就算赶上倒霉有了一些空闲时间，也无法集中精神思考问题，只是不停地打呵欠，苏摩总是少不了的，美味的苏摩总是少不了的，歇半天假吃 0.5 克苏摩，歇周末吃 1 克苏摩，去灿烂辉煌的东方旅行吃 2 克苏摩，去月球上体验永恒的黑暗吃 3 克苏摩；等回到当初出发的地方，他们发现那段空闲的时间已经过去了，每天踏踏实实工作，享受，浏览一部又一部感官片，得到一个又一个性感姑娘，去一座又一座电磁高尔夫球场……"

培育所与条件设定中心主任生气地大声叫道："快走吧，小姑娘！快走吧，小伙子！你们没看出来我们的主席阁下很忙吗？去别的地方玩你们的性游戏去吧。"

主席说道："可怜的小孩子们啊！"

机器发出微弱的嗡嗡声，传送带以每小时 33 厘米的速度缓慢而庄重地向前移动。红色的黑暗中，无数颗红宝石不时闪着亮光。

第四章

1

电梯里挤满了阿尔法换瓶室的人，列宁娜一进去，很多人都冲着她友好地点头、微笑。她是个讨人喜欢的姑娘，几乎和他们当中的每一个人都睡过觉，在一起过过夜。

她冲他们打招呼时心想，他们都是很可爱的小伙子。迷人的小伙子！可她还是真心地希望乔治·埃德塞尔的耳朵不要那么大才好[①]。再看看贝尼托·胡佛，让她禁不住想起了他脱光衣服之后那过于浓密的毛发。

她想起了贝尼托那卷曲的黑色的头发，眼睛里不由得露出一丝忧伤，转过身去，就在一个角落里看到了那个瘦小的身体，

① 是不是当初在 328 米处多注射了一点甲状腺素？

看到了伯纳德·马克思的那张忧郁的脸。

她走上前去对他说道：“伯纳德！我正找你呢。”她那清亮的声音盖过了不断攀升的电梯的嗡嗡声。其余的人好奇地朝四周张望。“我想和你谈谈我们去新墨西哥的计划。”她借由眼角余光发现贝尼托惊讶地张大了嘴巴。他的这个举动让她好心烦。她心想：“他没有想到我没有再求着他和他一起出去！”然后，她用一种比刚才更加亲切的声音大声说道：“我就想在7月份的时候和你去那里玩上一个星期。”① 列宁娜对他露出了她那最讨人喜欢、最意味深长的微笑。“就这样，如果你还要我的话。”

伯纳德那张苍白的脸顿时羞得通红。“什么意思吗？”她疑惑着，惊讶着，却又被自己的魅力所招致的这种奇怪的礼遇感动着。

他局促不安又结结巴巴地说道：“我们换个别的场合谈这件事好吗？”

列宁娜心想：“就好像我说了什么骇人听闻的事似的。就算我跟他开了个下流的玩笑——问他母亲是谁这种事，他的脸色也不会比现在更难看。”

“我是说，当着这么多人的面……”他慌得都快说不成话了。

列宁娜的笑是真诚的，完全没有恶意。她说“你可真好笑！”

---

① 她至少公开表明了对亨利·福斯特的不忠。这下范妮应该高兴了，虽然对方是伯纳德。

她也的确觉得他可笑。然后换了一种口气继续说道："到时候，你可要提前一周通知我，好吗？我觉得我们应该坐'蓝色太平洋号'火箭去，你说呢？是从查令T字街大厦起飞吗？还是从汉普斯德起飞？"

伯纳德还没来得及回答电梯就停了。

一个嘎吱嘎吱的声音喊道："楼顶到啦！"

电梯工是个小个子，长得像猴子，穿着半白痴伊普西龙们的那种黑色的短上衣。

"楼顶到啦！"

他推开电梯门。午后温暖的阳光吓了他一跳，让他直眨眼。他用一种欣喜若狂的声音又说了一遍："哦，楼顶到啦！"他好像从一种阴暗、不省人事的昏迷状态中突然苏醒了过来。"楼顶到啦！"

他满脸赔笑，像条狗，露出了一副有所期待的羡慕的表情，注视着乘客们的脸。电梯工看着他们的背影。

他用怀疑的口气又说了一遍："楼顶到啦？"

然后铃响了，电梯顶上的一个扩音器用一种非常轻柔却又十分专横的口气开始下达命令。

那声音说道："下降，下降。18楼。下降，下降。18楼。下降，下……"

电梯工砰的一声把门关上，按下一个电钮，电梯嗡嗡响着立即朝着竖井的黑暗中坠下去了，那是他早已习惯的让他不省人事的黑暗。

楼顶温暖而明亮。直升机嗡嗡响着飞过空中，让夏日的午后充满了睡意，从头顶之上五六英里高的明亮的天空中疾驰而过的火箭飞机，虽然看不到影子，却发出了更加深沉的嗡嗡声，就像在抚摸着轻柔的空气。伯纳德·马克思深吸了一口气。他抬起头望了一会儿天空，又朝四周望了望蓝色的地平线，最后才把目光停留在列宁娜的脸上。

他用一种略微颤抖的声音说道："真美！"

而她则用一种最善解人意的表情微笑地看着他。她欣喜若狂地回答道："这样的天气去打障碍高尔夫真是再适合不过了。我得走了，伯纳德。我让亨利等久了，他会生气的。日子定好了一定要告诉我啊。"她挥一挥手，跑过又宽阔又平坦的楼顶，朝机库去了。伯纳德站在那里，看着那双白色的长筒袜闪着亮光渐行渐远，那对晒黑的膝盖活泼又轻快地弯曲、挺直，一次又一次地弯曲、挺直，深绿色的外套下面，合体的灯芯绒内裤轻柔地颤动着。他的脸上露出了一种痛苦的表情。

这时，一个很响亮又很快活的声音在他身后说道："我说，她可真漂亮。"

伯纳德一惊，朝四下张望。贝尼托·胡佛那张又胖又圆的红脸上泛着快活的光正冲着他笑——显然是一种热情友好的笑。贝尼托出了名的脾气好。人们都说，他碰都不用碰苏摩就能快活地过一辈子。别的人心中有了罪恶的念头或者心情不好的时候会去度假，但这些不良的情绪从来都影响不到他。对贝尼托来说，现实总是阳光的。

贝尼托换了种口气，继续说道："身材也是一级棒。可让我说，你也太沉闷了吧！你需要来一克苏摩。"贝尼托说着从右侧的裤兜里掏出一个小瓶子。“要我说，1 立方厘米能治愈 10 种悲伤的情绪……”

伯纳德突然转身匆匆走掉了。

贝尼托注视着他的背影心中想道：“这家伙这是怎么了？”然后摇了摇头，觉得当初这个可怜的家伙的代血剂里头掺杂了酒精的故事肯定是真的。“我看是影响到了他的大脑。”

他把苏摩瓶收好，掏出一小盒性激素口香糖，抽出一片塞进嘴里，一路嚼着慢慢悠悠地朝飞机库去了。

列宁娜到的时候，亨利·福斯特已经把飞机从机库开了出来，坐到了驾驶舱里。

她登入驾驶舱，在他身旁坐下了，他就说了一句话：“晚了 4 分钟。”他启动了引擎，直升机螺旋桨进入工作状态。直升机垂直升空。亨利开始加速，螺旋桨的轰鸣声从大黄蜂的声音变成了马蜂的声音，又从马蜂的声音变成了蚊子的声音；速度表显示，他们此刻上升的速度约为每分钟两公里。伦敦在他们身下变得越来越小。一栋栋平顶大楼瞬间变成了一朵朵从公园和花园的绿树林中生长出来的呈几何状排列的蘑菇，其中有一棵长得又细又长，向空中竖起了一个闪着亮光的水泥圆盘，那便是查令 T 字大楼。

巨大的云块像传说中的大力神那模糊不清的躯干，在他们头顶蓝色的天空中闲荡。突然，一只红色的小虫子从其中的一个云块中掉了下来，掉落的时候还在嗡嗡作响。

亨利说道：“那就是刚刚从纽约飞过来的红火箭。”他看了一眼手表，摇了摇头，接着说，“晚了 7 分钟。这些大西洋的航班——真丢人，总是晚点。”

他把脚从加速器上挪开了。头顶上螺旋桨的嗡嗡声一下子降了一个半八度，从大黄蜂、马蜂、熊蜂的声音一路降到了金龟子的声音，又降到了鹿角虫的声音。直升机向上的冲力慢慢减弱，又过了一会儿，他们便一动不动地悬浮在半空中了。亨利推动一个控制杆，就听咔嗒一声。先是很慢，而后越来越快，直到他们眼前出现一团雾气，他们前面的螺旋桨开始转动。高速水平飞行刮起的风尖叫得更厉害了。亨利一直盯着转速表，当指针触碰到 1200 的时候，他便让螺旋桨脱离工作状态。直升机有足够大的冲量靠机翼飞行。

列宁娜通过两脚间的地板窗向下望去。他们正飞过分隔中伦敦与一环卫星城的那片被用来建公园的长达 6 英里的绿地。绿地上挤满了像蛆虫一样身材矮小的人。很多九孔游戏塔在树林中闪着亮光。牧羊人丛林附近，2000 对贝塔减正在玩黎曼曲面网球混合双打。诺丁山到威尔斯登的主路两旁林立着 5 号电梯球场。伊琳体育场内正上演一场德尔塔体操比赛，社会歌的演出也在进行当中。

列宁娜说出了她所在的阶级对睡眠教育的偏见：“卡其色好难看哦。”

豪斯洛感官片摄制厂占地 7.5 公顷。附近有一群身穿黑色和卡其色制服的劳工正忙着重新铺设西部大路的路面。他们飞过去的时候，一个正在移动的熔化炉的阀门刚好打开。熔化的玻璃倾倒在了路面上，散发出炫目的白光；石棉压路机滚来滚去；一辆绝缘洒水车屁股后面蒸腾起一团白色的雾气。

布伦特福特电视机制造厂就像一座小镇。

身着叶绿色衣服的伽马姑娘们和身穿黑色衣服的半白痴们，就像蚜虫和蚂蚁，在门口挤来挤去，有的在排队，准备上单轨电车。桑葚色的贝塔减们过来了，挤到了人群中间。主楼的楼顶不停地有直升机在起降，热闹得很。

列宁娜说道："天啊，真高兴我是个伽马。"

10 分钟以后，他们已经来到了斯托克波吉斯，开始打第一局障碍高尔夫了。

2

伯纳德匆匆走过楼顶，两只眼睛多数时候朝下看，见到同事马上鬼鬼祟祟地把目光移开。他好像在被人追赶，但追他的是他不愿见到的敌人，生怕他们的样子比他料想的更加不友好，他也被自己搞得越来越内疚，甚至越来越孤独。

"那个贝尼托·胡佛可真讨厌！"可那个人是怀着十足的好意的。从某种程度上说，这使情况变得更为糟糕。那些心怀善意的人和那些心怀恶意的人表现得一模一样。就连列宁娜也让他感到痛苦。他想起了自己犹豫不决的那几个星期，在那段日子里，他寻找着、渴望着约她出去的勇气，可到最后又绝望了。他敢面对一个鄙视性的拒绝所造成的令他受辱的风险吗？可她要是同意了，那又将是怎样的一种狂喜！唉，她现在倒是同意了，可他还是那么苦恼——苦恼她竟然认为这样的一个下午打障碍高尔夫真是再适合不过了，苦恼她匆匆离开去跟亨利·福斯特在一起，苦恼她觉得他不愿在公共场合谈论他们最私密的事情很可笑。一句话，他苦恼，是因为她表现得和任何一个健康、高尚的英国姑娘应该表现的那样，没有任何的不正常和特别的地方。

他打开机库的门，冲着两个正在闲逛的德尔塔减随从喊叫，让他们过来把他的飞机推到楼顶上面。管理机库的就是一个波卡诺夫斯基化了的小组，成员都是多生子，都是小个子，长得又黑又丑。伯纳德下达命令的口气是尖刻的、非常自大的，甚至是粗鲁无礼的，就像一个身处高位却没有太多安全感的人。对伯纳德来说，每次和下等人打交道都会让他觉得很痛苦。无论出于何种原因[①]，伯纳德的体格几乎和普通伽马的一样弱小。他比阿尔法们的平均身高矮了8厘米，身材又很瘦弱。和下等人打交道总让他想起自己身体上的缺陷，这让他痛苦不堪。他每次发现自己平视而不是俯视一个德尔塔的脸时都会感到一种耻辱。那家伙会不会用他这个阶层的人应该享有的那种尊重对待他？这个问题让他苦恼不已。他这样不是没有道理的，因为伽马们、德尔塔们和伊普西龙们在某种程度上已经被设定好了条件，总会把高大的身材与高等的社会地位放在一起看待。对于高大身材的轻微的睡眠教育的偏见的确是一种普遍存在的现象。因此，他求过婚的那些女人笑话他，和他一个等级的人开

---

① 眼下，人们都在纷纷传扬，说当初他的代血剂里面不小心倒进了酒精这件事很可能是真的，因为总会有意外发生。

他的玩笑。嘲笑让他觉得自己是个外人，这种感觉让他努力使自己表现得像个正常人，而这又加重了人们对他的偏见，加重了他因为身体上的缺陷而招致的轻蔑和敌意，转而加重了他的局外感和孤独感。一种被轻视的长期的恐惧让他避开同一个阶层的人，让他在和下等人打交道时总要保持很强烈的自尊意识。他好妒忌亨利·福斯特和贝尼托·胡佛那样的人！他们让伊普西龙们做事时永远不用大嚷大叫，他们把拥有的社会地位视作理所当然，他们像鱼儿那样在等级制度中自由自在地穿行——过得极其舒适自在，既没有意识到自己的存在，又没有意识到现实生活中所拥有的那些有利与舒适的条件。

他好像觉得这两个多生子是不紧不慢又很不情愿地把他的飞机推到楼顶上的。

伯纳德怒气冲冲地叫道："快点！"其中一个瞥了他一眼。那是他在那些没有表情的灰色的眼睛里察觉到的狰狞的嘲笑吗？他用更大的声音喊道："快点！"口气中露出一种丑陋的刺耳的东西。

他爬上了飞机，一分钟后已经朝南飞了，他要去河那边。

各类宣传局和情感工程学院就在舰队街的一栋60层的大楼里。地下室和低层是伦敦三大报纸的印刷厂和办公所在地，这三份报纸是：供上层阶级阅读的《每时广播报》、淡绿色的《伽马杂志》，还有文章无一例外用单音节词写成的卡其色的《德尔塔镜报》。往上分别是电视宣传局、感官片宣传局和合成声音与音乐宣传局，总共占了22层楼。再往上是调研实验室和墙壁上装有衬垫的房间，那是电影原声作家们和合成作曲家们精心创作的地方。最上面的 18 层楼被情感工程学院占用着。

伯纳德在宣传大楼的楼顶着陆，下了飞机。

他吩咐那个看大门的伽马道："给亥姆霍兹·沃森先生打个电话，就说伯纳德·马克思正在楼顶等他。"

他坐下点上了一支烟。

电话打过来的时候，亥姆霍兹·沃森正在写东西。"告诉他，我马上到。"说完就挂上了电话，转过身去，完全无视他的秘书那光彩夺目的笑容，继续用正式、冷漠的口气说道，"我的东西就交给你收拾了。"然后站起身，匆匆朝门口走去。

他长得很壮实，厚厚的胸脯，宽宽的肩膀，身材高大，动作敏捷，步履轻快而矫健。他的脖子就像一根结实的圆柱，支撑着一颗形状优美的头颅。他的头发又黑又卷，五官轮廓极为分明。他长得不是一般的帅气，这种帅气中又透着一种阳刚，正如他的秘书不厌其烦地说的那样，他看上去每一厘米都是阿尔法加。说到职业，他是情感工程学院写作系的一位讲师，教学活动间隙还兼任情感工程师。他定期为《每时广播报》撰稿，创作感官片脚本，在创作口号和睡眠教育诗歌方面又有着一流的技术。

他的上司们对他的评价是："才能出众，或许[①]有点太出众了。"

是的，是有点太出众了，他们说得一点不错。超凡的智力

---

① 他们说到这里总会摇摇头，然后大幅压低声音说。

给亥姆霍兹·沃森造成的后果和身体上的缺陷给伯纳德·马克思造成的后果非常相似。骨架瘦小、肌肉贫乏使伯纳德远离了他的同事，这种疏离感，按照一切现有标准来看，都是超凡智力的表现，而这反过来又成了他更加不合群的一个原因。但让亥姆霍兹·沃森极为不自在地意识到自我、意识到自己是孤独的，则是他超凡的才能。两人的共同之处是都意识到了自己是孤独的个体。但跟身体有缺陷的伯纳德一直在承受的疏离感带给他的痛苦不同，亥姆霍兹只是最近才意识到自己能力出众、和周围的人不一样的。这个自动扶梯美式壁球冠军，这个不知疲倦的大众情人[①]，这位令人钦佩的委员，最棒的交际家，突然间意识到，就他自己而言，运动、女人和社交活动只是第二等的好事。在内心深处，他真正感兴趣的其实是别的东西。可那又是什么？那又是什么？伯纳德这次又来找他就是要和他谈这个问题的，因为两个人聊天时一直是亥姆霍兹在说，所以倒不说是来听他谈论这个问题的。

他刚走出电梯，合成声音宣传局的三位迷人的姑娘就拦住了他的去路。

她们把他团团围住，恳求道："哦，亲爱的亥姆霍兹，今天晚上我们一起去埃克斯穆尔高地吃野餐吧。"

他摇摇头，从她们中间挤了过去。"不行，不行。"

"我们不会请别的男人的。"

① 据说他不到4年就得到过640个姑娘。

亥姆霍兹就算听到了这个诱人的建议也依然不为所动。“不行，”他重复道，“我很忙。”然后坚定地继续走自己的路。姑娘们紧追不舍。直到他上了伯纳德的飞机，重重地把门关上，她们才停止了追赶。她们并非没有责怪他。

等直升机升到半空中，他才说道：“这些女人！这些女人！”然后摇摇头，皱着眉头，继续说，“真是太讨厌了。”伯纳德伪善地表达了相同的意见，说话的时候却巴不得也能像亥姆霍兹那样毫不费力地得到那么多姑娘呢。他突然产生了一种吹嘘的冲动，用一种尽可能随便的口气说道：“我要带着列宁娜·克劳去新墨西哥玩一阵子。”

亥姆霍兹则用一种完全没有兴趣的口气说：“是吗？”然后停顿了片刻，接着说，“最近这一两个星期，我切断了跟委员会和姑娘们的一切联系。你不知道她们在学校闹得有多凶。不过，我认为我这么做都是值得的。说到影响……”他犹豫了一会儿，又说，“这么说吧，她们很奇怪，她们都很奇怪。”

身体上的缺陷能让一个人产生一种超凡的能力。这个过程似乎是可逆的。超凡的能力基于自身考虑，能让一个人对故意而为的孤独视而不见，不闻不问，也能让一个人在实施禁欲的过程中性无能。

路本不长，在接下来的那段时间里，谁也没有再说一句话。等到了目的地，两人坐在伯纳德家里的充气沙发上舒舒服服地舒展身体时，亥姆霍兹才又开始说话了。

他用一种很缓慢的语调问道：“你有没有过这种感觉：身体里好像有某种东西，只是在等着你给它一个机会，把它放出去。

某种你没有用到的额外的动力——知道吗，就像随瀑布倾泻下来却没有流入涡轮机的那些水。”他用询问的目光看着伯纳德。

“你是说情况发生变化时一个人可能会感觉到的那些情绪？”

亥姆霍兹摇了摇头。“不太准确。我在想我有时会获得的一种奇怪的感觉，一种有一些重要的东西要说并且有能力把它们说出来的感觉——只是我不知道那些重要的东西是什么，也根本无法使用那种能力。如果存在某种不同的写作方式……或者有些别的东西可写……”他沉默了一会儿，终于又说了下去，“你知道的，我很擅长遣词造句——那种让你突然惊跳起来的句子，让你有一种如坐针毡的感觉的句子，尽管它们描述的不过是一些和睡眠教育有关的显而易见的东西，看起来却是那么新颖，那么让人激动。但这好像并不够。句子好还不够，意义也应该好。”

“可你写的那些东西都是挺不错的，亥姆霍兹。”

亥姆霍兹耸耸肩，说道：“哦，还算凑合。却没有太大的意思，从某种程度上讲，重要性还不够。我自认为能写一些重要得多的东西。是的，更加猛烈、更加激进尖锐的东西。可那又是什么？有什么重要的东西可写呢？你写的东西都是别人要你写的，这样的东西怎么能写得激烈尖锐呢？句子使用得当，就能像 X 光一样——就能穿透任何的东西。你一读就被穿透了。这便是我努力教给我的学生们的一样东西——怎样让文章写得入木三分。可是被一篇写社会歌或者喷香萨克斯最新改良的文章穿透了又有什么用？还有，写这些东西真的能让你的句子——你知道的，就像最强烈的 X 射线那样——具有那么大的穿透力吗？写毫无意义的东西能写出来吗？简而言之，这就是我要说的意思。我一再努力……”

“嘘！”伯纳德突然说道，然后伸出一根手指以示警告，两人听了一会儿，“我觉得门口有人在偷听。”他低声说。

亥姆霍兹站起身，踮着脚尖走过房间，猛地把门拽开。门外当然没有人了。

“对不起。”伯纳德说，他觉得自己太紧张、太愚蠢了，而他看起来也的确是这副模样，“我觉得我有点神经过敏了。别人怀疑你时，你也开始怀疑别人。”

他用手擦擦眼睛，叹了口气，声音变得伤感起来。他在为自己辩解。“你要是知道我最近受的那些苦。”他几乎都要哭了——自怜的情绪像压抑的泉水突然得到了释放，“你要是知道就好了！”

亥姆霍兹听着他的话觉得有些不舒服。“可怜的小伯纳德啊！”他对自己说。但与此同时，他又为他的朋友感到羞耻。他希望伯纳德能够表现多一些的自尊。

第五章

1

还不到8点，天色却早已渐渐暗淡了下去。斯托克波吉斯俱乐部所在大楼里头的扩音器，用一种人类无法企及的男高音开始宣布球场即将关闭。列宁娜和亨利不玩了，步行回俱乐部。从内外分泌信托公司的牧场上传来了为法纳姆皇室教区那家大工厂提供荷尔蒙和牛奶原料的数千头奶牛的哞哞叫声。

直升机发出的连续不断的嗡嗡声充斥着黄昏的天空。每隔两分半钟就会响起一阵铃声和汽笛声，说明一辆轻型单轨列车就要出站了，上面载着的都是从各个不同的高尔夫球场打球回来的下等人，他们这是要回城了。

列宁娜和亨利登上直升机出发了。在800米的高空，亨利放慢直升机螺旋桨旋转的速度，两个人在逐渐褪色的风景之上悬停了一两分钟。法纳姆山毛榉林像一个黑色的池塘，朝着西天那亮闪闪的海岸延伸开去。深红色的地平线上，最后的一抹阳光，透过橙黄色的光，慢慢地暗淡成了一小片黄和一小片绿。北方，树林远处以及上空，20层的内外分泌工厂的每一扇窗户里面的灯都亮了，整座工厂散发着灿烂的光辉。他们下面是高尔夫俱乐部的几栋大楼——下等人的住处，一堵隔离墙的那一边，是为阿尔法和贝塔社员们准备的小型公寓。单轨火车站入口处挤满了蚁虫一样的吵吵闹闹的下等人，看上去黑压压的一大片。拱形玻璃顶下面，一列火车冲了出来。他们的目光追随着它穿过了东南方向的黑暗平原，之后便被泥潭火葬场那几栋庄严的大楼吸过去了。为了夜行飞机的安全，它那四根高高的烟囱上面都有泛光灯照亮，顶上又安装了暗红色的危险信号灯。这是一栋标志性的建筑物。

列宁娜询问道："那些烟囱周围为什么有一些阳台状的东西？"

"磷回收。"亨利的话像电报文那样简短，"磷气在烟囱上升的过程中要经过4道不同的工序。过去，每次焚烧尸体时，P_2O_5 常常会流失。现在能够回收98%以上的 P_2O_5。一个成年人的尸体能够回收1.5公斤的 P_2O_5。只就英国而言，每年就能回收高达4000吨的 P_2O_5。"亨利洋洋自得地说道，完全沉浸在了这项巨大的成就所带给他的那种欣喜中，就好像这件事是他干的一样。"一想到我们死后还能为社会做些贡献我就觉得痛快。我们的 P_2O_5 可以用来培育植物。"

列宁娜此时已经把她的目光移开了，正垂直望着下面那座单轨火车站。"你说得对，"她对他的看法表示了认同，"可奇怪的是，阿尔法们和贝塔们为什么培育不出比下面那些肮脏矮小的伽马们、德尔塔们和伊普西龙们更多的植物呢？”

亨利言简意赅地说道：“所有的人在物理和化学上都是平等的。并且，就连伊普西龙们做出的贡献也是不可或缺的。”

“就连伊普西龙们……”列宁娜突然想起了一件事，那时她还小，还在上学。一天晚上，睡到半夜醒了过来，第一次意识到了在她每次睡着都会出现在她梦中的那种低语。她又看到了那样的月光，又看到了那一排白色的小床，又听到了那个无比轻柔的声音[①]说：“人人在为人人工作，缺了谁都不行。就连伊普西龙们也是有用处的。我们缺了伊普西龙们不行。人人在为人人工作，缺了谁都不行……”列宁娜想起了她第一次所感受到的那种恐惧和震惊，在无眠的那半个小时里所做的一切思考；然后，在那些无休无止的重述的影响下，她的心慢慢地平静了下来，平静了下来，平静了下来，睡意偷偷摸摸地出现了……

她大声说道：“我想伊普西龙们不介意做伊普西龙。”

“他们当然不介意了。他们怎么能介意呢？他们不知道做别的东西的感觉。我们当然会介意，但我们被设定的条件不同，我们的出身也不同。”

列宁娜深信不疑地说道：“真高兴我不是伊普西龙。”

亨利说：“如果你是伊普西龙，你被设定的条件让你感受

---

① 无数个漫长的夜晚，那些话一直在重复，根本没有忘记，也不会忘记。

到的那种欣慰也不会亚于你是贝塔或者阿尔法。”他让他前面的螺旋桨进入了工作状态，驾驶着直升机朝伦敦的方向飞去了。他们身后，西方的暗红和橙黄几乎看不到了，一长条黑色的晚云已经偷偷地爬入天顶。他们飞过火葬场时，飞机在从烟囱里冒出来的柱形热气的推动下猛地蹿了起来，进入上空那慢慢冷却的寒气中之后又突然降了下来。

列宁娜快活地叫道：“好棒的一个急速升降！”

但亨利的语气片刻间几乎是忧伤的。他说：“你知道那个急速升降是怎么回事吗？那是有个人最终消失得无影无踪了，变成一团热气喷射了出去。很想知道那人是谁——是男人，是女人，是阿尔法，还是伊普西龙……”他叹了口气，然后用一种坚定又快活的口气最后说道，“不管怎样，有一件事是确定的：无论是谁，活着的时候都是很幸福的。现在每个人都过得很幸福。”

列宁娜重复道：“是的，现在每个人都过得很幸福。”每天晚上这句话都要重复 150 遍，他们都听了 12 年了。

他们在西敏寺亨利那栋 40 层的公寓楼楼顶着陆，然后径直去了餐厅。他们在一群吵闹快活的食客中吃了一顿美餐。苏摩和咖啡是一起端上来的。列宁娜吃了两个半克的苏摩片，亨利吃了 3 片。9: 20，他们步行去街对面新开的西敏寺修道院卡巴莱看演出。那是一个几乎无云的夜晚，没有月亮，繁星满天。但是他们幸好没有注意到这个令人沮丧的事实。高空中通电的广告牌有效地遮挡住了外面的黑暗。“卡尔文·斯托普斯和他 16 名性爱萨克斯手倾情演出。”修道院新修建的外墙壁上闪着诱人光辉的是一行巨大的字：“伦敦最佳色香萨克斯乐队。播放曲目皆为时下最流行的合成器音乐。”

他们进去了。空气中混合了龙涎香和檀香的气味，好像有些热，不知怎的，又让人有些喘不过气来。彩色萨克斯在演艺厅穹状的顶上一时间描绘出了一幅赤道日落的美景。16位性爱萨克斯手正在演奏一首动人的老歌：“全世界都找不到跟我那个心爱的小瓶子一样的瓶子。”400对情侣正在光亮的地板上跳五步舞。列宁娜和亨利很快就成为那第401对。性爱萨克斯纵情吹奏旋律悠扬的乐句，就像几只猫在月光下叫春，中音萨克斯和次中音萨克斯交相呜咽，就像被轻微的死亡状态纠缠着。他们那颤颤悠悠的合奏中融入了大量的泛音，朝着高潮一步步攀爬，声音越来越大——直到最后，乐队指挥大手一挥，让众乐手尽情演奏这首仙乐的最后一个音，众乐手卖力吹奏，彻底忘记了自己的存在。那是一个降A大调，乐音电闪雷鸣般轰隆隆地响起来。然后，在几乎完全的寂静中，在几乎完全的黑暗中，声响逐渐弱了下来，变成了几个4分音符，变弱，变弱，变成了一个低语般的属音和弦，迟迟不愿离去①，用一种强烈的期待填满了黑暗的瞬间。最后，期待获得了满足，爆炸性的日出突然出现，与此同时，16名乐手齐声高唱：

我的瓶子，我一直想要的就是你！

我的瓶子，我为何要被换瓶？

---

① 因为5/4拍的节奏仍在底下起伏。

你的身体里是永远的蓝色的天空，
天气又总是那么晴朗；
因为全世界都找不到，
跟我那个心爱的瓶子一样的瓶子。

列宁娜和亨利同另外那400对情侣一圈又一圈地围着西敏寺修道院跳五步舞，却也在另外一个世界——那个温暖、绚丽、无限友善的“苏摩节”世界中起舞。每一个人都是那么友好，长得都是那么漂亮，都是那么讨人喜欢，又都是那么有趣！“我的瓶子，我一直想要的……”但列宁娜和亨利已经得到了他们想要的东西……他们此时此刻已经在里面了——已经和晴朗的天气、永远的蓝色的天空安安全全地在瓶子里了。16名性爱萨克斯手累坏了，放下了各自的乐器，音乐合成设备中正在播放时下最流行的慢节奏的马尔萨斯布鲁斯，他们就像一对孪生胚胎，在一瓶代血剂的波浪中一同轻轻地摇晃着。

“晚安了，亲爱的朋友们。晚安了，亲爱的朋友们。”几个扩音器用一种亲切、悦耳又文雅的声音掩盖着它们下达的命令。“晚安了，亲爱的朋友们……”

列宁娜和亨利顺从地跟着其他人一同离开了大楼。令人沮丧的星群已经在天空中行进了好长一段路了。虽然高空广告牌的隔离屏幕此时已经大幅叠化，但两个年轻人完全无视降临的黑夜，仍然保持着很高的兴致。

打烊前的半个小时他们二次服下的那些苏摩，已经在现实世界和他们的心情之间竖起了一道难以逾越的高墙。他们在瓶子里走到街的对面；他们在瓶子里搭乘电梯到了28层亨利的房间。虽然在瓶子里，虽然又一次服用了苏摩，但列宁娜并没有忘记规定的一切避孕措施。接受了那么多年的强化睡眠教育，再加上从12岁到17岁每周3次的马尔萨斯避孕训练，早已让采取避孕措施像眨眼一样，几乎都变成了习惯性的、不可避免的了。

她从浴室回来时说："哦，对了，范妮·克劳想知道你送我的那条漂亮的绿色仿摩洛哥皮腰带是从哪里买的。"

2

伯纳德每隔一周去一次团结一致礼拜会，是在周四那天。他在阿佛洛狄特神堂[①]提前吃了晚饭，离开朋友，在楼顶叫了一辆出租直升机，让司机火速赶到福森社会音乐厅。直升机先升高几百米，然后朝东飞去，拐弯的时候，伯纳德的眼前就出现了那座音乐厅，又雄伟，又漂亮。在泛光灯的照射下，320米高的仿大理石白色墙面散发着雪白色的炽热的光，都把路德门山罩起来了；直升机起降平台的四个角上各有一个巨大的T字，在暗夜的映衬下，闪着暗红色的光，24只金色巨型小号的号嘴里，轰隆隆地传出了庄重的合成音乐。

伯纳德一看见那个大亨利——那个音乐厅上的大钟——就

① 根据条款二，亥姆霍兹最近被选了进去。

暗自骂道："该死，我迟到了。"他也的确迟到了，因为付旅费的时候，大亨利敲响了。"福特，"24只金色小号中共同奏出一个又大又深沉的声音，"福特，福特，福特……"连着响了9次。伯纳德一路跑着去赶电梯。

一楼是福特日庆祝活动与大众合唱大礼堂。往上，每层100间，是团结一致教友小组的房间，用于每两周的礼拜活动。伯纳德乘着电梯下到33层，匆匆走过过道，在3210房间门口踌躇了一会儿，然后鼓起勇气，推开门，走了进去。

感谢福特！他还不是最后一个到的。圆桌周围的12把椅子还有3把是空的。他尽量不让别人看见，溜到了最近的那把椅子上，做好了对那些尚未现身的人皱眉的准备，按理说，他们早该到了。

他左边坐着一位姑娘，此时转过身来，问他："今天下午你玩什么了？玩障碍高尔夫了还是去电磁球场了？"

伯纳德看着她[①]羞红了脸，只好坦白交代既没有玩障碍高尔夫，也没有去电磁球场。莫甘娜吃惊地注视着他。一阵令人尴尬的沉默。

然后，她直截了当地把身体又转了过去，跟她左边那个喜欢体育运动的男人聊上了。

伯纳德悲哀地想："对团结一致礼拜会来说这倒是一个不错的开头。"却预感到自己的赎罪意图又要失败了。刚才自己

---

① 哦，福特！原来是莫甘娜·罗特希尔德。

要是没那么慌就好了，不应该坐这把最近的椅子，应该好好瞧瞧再做决定。他本可以坐在菲菲·布拉德洛和乔安娜·狄塞尔中间的。不应该昏头昏脑又盲目地坐在莫甘娜旁边。莫甘娜！哦，福特！她那两道黑眉毛——应该说是那一道眉毛——因为它们在鼻子上方都连在一起了。哦，福特！他右边坐的是克拉拉·迪特丁。没错，克拉拉的眉毛没有连在一起。可她也太丰满了吧。菲菲和乔安娜长得刚刚好，身材丰满，金色的头发，个子又没那么大……那个粗鲁的汤姆·川口此时坐到了她俩中间。

沙拉金妮·恩格斯是最后一个到的。

组长严肃地说："你迟到了。下不为例。"

沙拉金妮连忙道歉，然后溜到了吉姆·波卡诺夫斯基和赫伯特·巴枯宁中间自己的座位上。人都到齐了，团结一致小组称得上完美无缺了。男人、女人、男人，无穷尽地交替着，围着圆桌坐成了一个圈。12个人都准备好了，就要变成一个人了，正等着团结在一起，被融合在一起，丢掉12种不同的个性，成为一个更大的个体。

组长起身，画了一个T字，播放合成音乐，任轻柔的不知疲倦的鼓点和乐器合奏——差不多都是管乐器和超级弦乐器的合奏——随意发挥，不停地演奏那段短小却无法躲避的团结一致第一圣歌的动人旋律。一次又一次的演奏——到头来，已经不是耳朵而是隔膜在听那律动的节奏了，反复出现的动人旋律时而呜咽、如泣如诉，时而叮叮当当响上一通，缠绕的已不再是心灵，而是热望而充满怜悯的肠子了。

组长又画了一个T字，坐下了。礼拜仪式开始。那些忠诚的苏摩片放在餐桌中间。那杯心爱的草莓冰激凌苏摩从这只手上传到那只手上，人人都要说那句说惯了的话："我为我的灵与肉的毁灭而饮。"12 个人加在一起，共狂饮 12 次。然后，在合成管弦乐队的伴奏下，大家高唱团结一致第一圣歌。

福特，我们是 12 人；哦，让我们成为 1 个人吧，
就像社会河里的水滴；
哦，让我们一起奔流，
跑得像你那辆闪亮的汽车那么快。

12 个热望的小节唱完了。然后，那杯心爱的草莓冰激凌苏摩进行二次传递。现在的惯用语变成了"我为更伟大的存在而饮"。每个人都要喝。音乐无休无止地响着。鼓点打个没完。时而如泣如诉、时而叮叮当当乱响的乐声已经渗透到了每个人松软的肠子里。团结一致第二圣歌开始唱了。

来吧，更伟大的存在，社会的朋友，
毁灭 12 人，变成 1 个人！
我们渴望死去，因为死后，
我们更伟大的生命就开始了。

又是 12 个小节。这时候，苏摩开始发挥作用。眼睛亮了，脸颊红润了，宇宙内部那道仁慈的光射在了每一张快活、友善的笑脸上。就连伯纳德也觉得有点软化了。当莫甘娜·罗特希

尔德转过身来，冲着他微笑的时候，他也竭力回人家一个微笑。但那道眉毛，那道二合一的黑眉毛——哦，唉，还在那里，让他无法视而不见，无论多努力都做不到。身体软化得还不够。如果他当初坐在了菲菲和乔安娜中间，或许……心爱的杯子第三次传过来了。“我为他降临的危险而饮。”莫甘娜·罗特希尔德说道，杯子刚传到她这边，转圈轮流喝草莓冰激凌苏摩的仪式就又开始了。她的声音很大，透着狂喜。她痛饮一口，把杯子传给了伯纳德。“我为他降临的危险而饮。”他重复了一遍，真的想感受一下降临的危险，可那条一字眉仍在侵扰着他的心，就他来说，降临还远得很。他喝了一口，把杯子传给了克拉拉·迪特丁。“又完了，”他对自己说，“我知道这次又完了。”可他仍然竭力以微笑示人。

心爱的杯子转了一圈。组长举起一只手，做了个手势，大家突然齐声高唱团结一致第三圣歌。

感受更伟大的存在的来临吧！
欢庆吧，在欢庆中死去！
在鼓乐中融化！
因为我就是你，你就是我。

一小节一小节唱过去了，合唱中透出了更多的兴奋，声音变得尖厉起来。降临的压迫感好像让空气中有了电压。组长关掉音乐，最后一个小节的最后一个音就要唱了，周围死一般的寂静——寂静中充满了绷紧的渴望，触电般地抖动、爬行。组长伸出一只手，突然，一个声音，一个低沉有力的声音，一个比任何人声都要悦耳动听的声音，一个更圆润洪亮、更温暖的声音，一个富含慈爱、渴望和怜悯的颤抖得更为厉害的声音，一个美妙、神秘、超自然的声音，从他们的头顶之上响起来了。那声音越变越小，很缓慢地说道：“哦，福特，福特，福特。”一种温暖的感觉突然刺透了众听者上至腹腔下至四肢的部分，从里面迸射了出来；泪水涌上眼眶；心脏和肠子似乎在身体里移动，好像被赋予了独立的生命。“福特！”他们正在融化。“福特！”他们正在消失，消失。然后换了一种吓人的口气冷不丁地又说了一遍：“福特！”“听！”那声音大声叫道，“听！”他们听着。停了一会儿，那声音转为低语，虽为低语，却比最响亮的叫声更具穿透力。“伟大存在的双脚，”它继续说道，又重复了一遍这句话，“伟大存在的双脚。”低语几乎听不到了。“伟大存在的双脚上楼了。”寂静再次降临，一时间松弛了的期待再次绷紧，绷紧，越绷越紧，几乎到了断裂的程度。伟大存在的双脚——哦，他们听到脚步声了，听到脚步声了，正在轻柔地从楼梯上下来，从无形的楼梯上下来，离他们越来越近。伟大存在的双脚。突然，断裂的时间点到了。莫甘娜·罗特希尔德猛地跳起来，瞪大了眼睛，张大了嘴巴。

她大声叫道：“我听到他来了。我听到他来了。”

沙拉金妮·恩格斯喊道：“他来了。”

菲菲·布拉德洛和汤姆·川口同时站起来，说道：“是的，他来了。”

乔安娜都快说不出话来了，一个劲儿地叫道：“哦，哦，哦！”

吉姆·波卡诺夫斯基叫嚷道："他来啦！"

组长俯身向前，碰了一下合成音乐盒子，一段由钹、铜管以及手鼓演奏的疯狂音乐滚了出来。

克拉拉·迪特丁尖声叫道："哦，他来啦！啊！"就好像被割喉了一样。

伯纳德觉得该轮到自己做点什么了，也蹦了起来，大声叫道："我听到他来了，他来了。"可他说的并不是真的。他什么也没听到，在他看来，谁也没有来。谁也没有来——虽然音乐很闹腾，大家越来越兴奋。可他还是挥舞着两只胳膊，跟别人一起大喊大叫；看到别人开始蹦跶、跺脚、跳舞，他也跟着蹦跶、跳舞。

他们转圈，一群人排成一队转着圈跳舞，后面的人把两只手放在前面的人的屁股上，不停地转，齐声高喊，随着音乐的节奏跺脚，跺脚，双手放在前面的人的屁股上，使劲跺脚、拍屁股，12 双手打出同一种节奏，1 个屁股，12 个屁股发出沉闷的回响。12 合 1，12 合 1。"我听到他来了，我听到他来了。"音乐加快速度，跺脚的速度随之加快，加快，手拍屁股的节奏也在加快。突然，传来一个很响的合成低音，轰隆隆地唱出了下面这几句话，宣告赎罪的临近，团结一致的实现，12 合 1 的到来，更加伟大的存在的现身。"狂欢吧。"那声音唱道，而此时，手鼓继续打着狂热的节奏：

狂欢吧，福特，狂欢吧，
亲那些姑娘，让她们变成一个。

小伙子们和姑娘们在一起了；

那就尽情欢乐吧。

“狂欢吧，”跳舞的人们跟着一起唱副歌，“狂欢吧，福特，狂欢吧，亲那些姑娘……”他们唱着，灯光开始渐渐暗淡下去——暗淡的同时变得越发温暖、浓丽、红热，直到最后他们已经在胚胎库的暗红色的暮光中跳舞了。“狂欢吧……”在胚胎库血红色的黑暗中，他们又转着圈跳了一会儿，不知疲倦地拍打着强烈的节奏。“狂欢吧……”然后，一圈人开始摇晃，散开，三三两两地倒在了圆桌以及椅子周围那一圈圈的沙发上。“狂欢吧……”深沉的声音温柔地低吟着，红色的暮光中，好像有一只黑色的巨鸽正仁慈地盘旋在此刻或俯卧或仰卧的跳舞的人们上空。

他们站在楼顶，大亨利刚刚敲响 11 点。这样的夜，又安静，又温暖。

“不美妙吗？”菲菲·布拉德洛说道，“不美妙吗？”她痴迷地看着伯纳德，但这种痴迷中没有一丝一毫激动或者兴奋的痕迹——因为兴奋尚未得到满足。她的痴迷是一种愿望实现之后的安静的狂喜，是一种平静，根本不是欲望满足之后的那种空虚的平静，而是一种平衡的生命的平静，是能量安息、平衡之后的那种平静。那是一种充实的、有活力的平静。因为团结统一礼拜既是给予，也是索取，索取是为了补充。她是充实的，完美的，仍然沉浸在忘我的状态中。“你不觉得很美妙吗？”她用她那双异常闪亮的眼睛注视着伯纳德的脸问道。

“美，我觉得很美妙。”他说的不是实话，目光朝向别的地方去了。她的脸马上变形了，那是在怪他、笑话他的不合群，在提醒他的不合群。礼拜仪式开始的时候，孤独让他觉得痛苦，现在仍是这样——他的空虚没有填满，欲望没有得到满足，这让他变得更加孤独。他孤零零的，赎罪的愿望落空了，别人却融进了更加伟大的存在中，甚至是莫甘娜拥抱他的时候，他的心里也是孤独的——真的，他现在比以前更孤独，更绝望。强烈的自我意识让他痛苦得快要不能承受，他就从那暗红色的暮光中躲了出来，到了普通的灯光下。他痛苦不堪，或许那件事[①]原本就是他的错。“非常美妙。”他重复道，可他唯一能想起来的只有莫甘娜的那道眉毛。

① 她那双闪亮的眼睛怪他。

第六章

1

怪，怪，好怪，这便是列宁娜对伯纳德的评判。真的好怪，接下来的数周，她不止一次这样想：不行就不去新墨西哥度假了，跟贝尼托·胡佛一起去北极吧。但问题是她见过北极的模样了，就在去年夏天她才跟乔治·埃德塞尔去过那里，还有，她觉得那地方阴冷死了，什么都做不成，旅馆又是老得不成样子的那种——卧室里没有电视机，没有喷香萨克斯，只有最差劲的合成音乐，不足25座的自动扶梯美式壁球馆里却挤满了200位房客。不行，她想好了，再不能去北极了。何况，她还只去过一次美国。可那次她玩得多不开心啊！在纽约胡乱过了一个周末——当时是跟让·雅克·哈比布拉还是波卡诺夫斯基·琼斯去的？她记不得了。不管怎样，这完全无关紧要。又要朝西飞了，还要在那里度过一整周，这个想法的确很吸引她。还有，那周至少有 3 天，他们可以去野蛮人居留地参观。整个中心，去过野蛮人居留地的，还不到 6 个人。伯纳德是一位阿尔法加心理学家，在中心，这种人只有为数不多的几个，她知道上司会批准他去的。对列宁娜来说，这样的机会是罕有的。可伯纳德的古怪也是罕有的，她犹豫过要不要接受他的古怪，并且真的想过再跟有趣的老贝尼托奔赴北极。

“代血剂中混杂了酒精。”列宁娜对别人的每一种怪癖都是这么看的。可一天夜里，列宁娜和亨利一起躺在床上，很焦虑地聊起他的新情人时，亨利竟把可怜的伯纳德比作一头犀牛。

他说得还是那么简短有力：“教犀牛学手段是教不会的。有些人就跟犀牛差不多，对设定的条件不会给予正确的回应。可怜的家伙们啊！伯纳德就是这种人。幸好他做得很出色。不然主任早就把他开了。不过，”他又强调道，“我觉得他很无害。”

很无害，或许是吧；却也很让人不安。先说他总是一个人偷偷摸摸做事的怪癖吧。其实就是什么都不做。一个人私下里能做什么事。[①] 可睡觉时能做什么呢？能做的事非常非常有限。他们初次相约出去的那个下午，天气格外晴朗。列宁娜提议先去牛津联合会吃完饭，然后去托基乡村俱乐部游泳。可伯纳德觉得这两个地方人太多。那就去圣安德鲁斯电磁高尔夫球场打球吧？又不行：伯纳德觉得在电磁高尔夫球场打球纯属浪费时间。

“那我们做什么？”列宁娜有些惊讶地问道。

---

① 当然了，睡觉除外，可一个人不能整天睡觉吧。

当然是去湖区散步了，他就是这么说的。在斯基多山顶着陆，然后去欧石楠丛中散步几个小时。“就我们俩，列宁娜。”

“可是，伯纳德，我俩要单独待一整夜啊。”

伯纳德羞红了脸，朝别的地方看去。“我是说聊天，就我们俩。”他咕哝道。

“聊天？聊什么？”散步，聊天——这样过一个下午好像很怪。

虽说他很不情愿，可她最后还是说服了他，飞去阿姆斯特丹看女子重量级摔跤比赛 1/4 决赛。

他咕哝道：“人还是太多了。”他整个下午都闷闷不乐的，也不跟列宁娜的朋友们说话[①]；他这么痛苦，可还是断然拒绝了她强塞给他的那半克树莓冰激凌。“我就愿意这样，”他说，“做自己，做个讨人嫌的家伙。不愿跟别人一样，他们爱快活让他们快活去好啦。”

“及时吃 1 克能顶 9 克。”列宁娜从睡眠教育的智慧里拽出来一个警句。

伯纳德不耐烦地把递过来的杯子推开了。

她说：“先别发脾气。你要记住哦，1 立方厘米能治好 10 种悲伤的情绪。”

他大声叫道：“哦，看在福特的份上，快别说了。”

---

① 摔跤比赛中场休息的时候，他们可是在卖冰激凌苏摩的小店里见过十好几回的。

列宁娜耸耸肩。“吃1克总比不吃好。”她最后严肃地说道，自己把那杯树莓冰激凌喝了。

回来的路上，过英吉利海峡的时候，伯纳德非要停下直升机，阻断螺旋桨的正常工作，悬停在距波浪百米之上的空中。天气变得有些糟糕，刮起了西南风，天空起了乌云。

他命令道：“快看。”

“可也太吓人了吧。”列宁娜不敢朝窗户外面看，缩回了身子。夜是那么空荡，水流是那么湍急，泛着黑沫的海水就在他们下面起伏，月亮的脸是那么苍白，隐藏在匆匆流动的乌云中，是那么憔悴，那么疯狂，可把她吓坏了。“把收音机打开。快！”她伸手摸到了仪表盘上的旋钮，胡乱拧了一下。

“……你的身体里面是永远的蓝色的天空，”12个颤抖着的高音齐声唱道，“天永远……”

那声音停了，四周一片寂静。伯纳德关上了收音机。

“我想安安静静地看海，”他说，“声音那么吵，看都看不成。”

“可我倒觉得蛮好听的。我不想看。”

“可我想，”他坚持道，“它让我有一种……”他犹豫了，寻找着可以表达内心想法的词，“有一种我不只是我的感觉，明白吧。更像自己了，不再被别的东西左右。不只是社会的一个细胞。列宁娜，你有这种感觉吗？”

可列宁娜正在大叫。“太可怕了，太可怕了，”她一个劲儿地说着，“不想做社会的一部分，你怎么可以这么说？不要忘了，人人在为人人工作。我们缺了谁都不行。就连伊普西龙们……”

伯纳德嘲讽似的说道："嗯，我懂。'就连伊普西龙们'！我他妈的巴不得自己没用处呢！"

见他骂得这么狠，列宁娜惊呆了。"伯纳德！"她用吃惊而痛苦的口气抗议道，"你怎么可以这样说？"

他换了种口气，若有所思地重复道："我怎么就不可以这么说？不，问题的关键是：我怎么就不可以这么说，或者倒不如说——因为，毕竟我很清楚自己为什么不可以这么说——如果我可以说，如果我是自由的——没有成为我那设定好的条件的奴隶——结果会怎样？"

"可伯纳德，你说得好吓人啊。"

"列宁娜，你就不渴望自由吗？"

"我不知道你在说什么。我本来就是自由的啊，想怎么玩就怎么玩。如今，每个人都是很幸福的啊。"

他笑道："是的，'如今，每个人都是幸福的。'孩子们刚5岁，我们就开始向他们灌输这种思想了。可列宁娜，你就不想换个活法吗？比如，活出自己的风采，不再循规蹈矩地生活。"

"我不知道你在说什么。"她又说了一遍这句话。然后扭过头去恳求他道，"哦，我们快回去吧，伯纳德。我真的很不喜欢这里。"

"你不喜欢和我在一起吗？"

"我当然喜欢啦，伯纳德！可这地方太可怕了。"

"我想我们会更……在这里我们会贴得更近——除了大海和月亮，什么也没有。你不懂吗？"

“我什么都不懂，”她坚定地说，铁了心让自己不去懂任何事。“什么都不懂，一点也不懂。”她换了种口气继续说，“你这些想法好可怕，为什么不吃点苏摩？吃了就会忘掉这一切。吃了，你就不痛苦了，就幸福了。就那么幸福了。”她一边重复，一边微笑，她的眼里满含困惑和焦虑，她这么说，这么微笑，是想骗他，引诱他朝肉欲那方面想。

他默然地看着她，脸上毫无表情，神情严肃——目不转睛地看着她。过了一会儿，列宁娜的眼睛躲开了，紧张地笑了一下，想说点什么，却没有说出来。沉默在继续。

伯纳德最后说话时，声音中透出了一丝疲惫。他说：“那好吧，我们回去。”他猛踩加速器，驾驶着直升机升上天空。升到4000米的时候，他启动了螺旋桨。两人谁也没说话，就这样飞了一两分钟。然后，伯纳德突然哈哈大笑。列宁娜心想，这人好怪哦，可那毕竟只是大笑而已。

她大着胆子问道：“觉得好点了吗？”

他是这么回答她的：拿开控制杆上的一只手，搂着她，开始抚弄她的乳房。

“哦，福特，”她对自己说，“他又好啦。”

半小时后，他们回到了他的住处。伯纳德一口吞下4片苏摩，打开收音机和电视机，开始脱衣服。

次日下午，他们在楼顶见了，她很调皮地问他：“喂，你觉得昨天好玩吗？”

伯纳德点点头。他们上了飞机。稍稍颠簸了一下，他们出发了。

“他们都说我太丰满了。”列宁娜抚摸着自己的大腿若有所思地说。

“是太丰满了。”伯纳德的目光中透着痛苦。“就像肉。”他想。

她有些焦虑地抬起头，问：“你不觉得我太胖了吗？”

他摇摇头想，就像一大块肉。

“你觉得我还行。”他又点了一下头。“在每个方面都还行？”

“完美。”他大声说。可在心里，他是这么想的：“她就是这么看自己的，她不介意做一块肉。”

列宁娜得意地笑了，但她那满足的神情表露得有点早了。

他停了一会儿，接着说道：“可我还是希望我们的关系有一个不同的结局。”

“‘不同？’还有别的结局吗？”

“上床了，就结束了，我不想让我们的关系变成这样。”他明确地讲。

列宁娜好吃惊。

“不想马上结束，不想第一天就结束。”

“可……”

他开始说胡话和危险的话，说了很多。列宁娜尽量不去听，可时不时地，一个句子还是会让她听到。“……哼，压抑我的冲动，让你们瞧瞧这么做的后果。”她听他说着。这话好像触碰到了她心里头的一根发条。

她严肃地说：“要及时行乐嘛。”

他只是说道：“重复200遍，每周两次，从14岁一直说到

16 岁半。”胡言乱语的谈话仍在继续。“我想知道热情是什么感觉，”她听他说道，“我想体会一种强烈的感觉。”

列宁娜一字一句地说道：“个人一有感觉，社会就会动荡。”

“哦，为什么就不能有点动荡呢？”

“伯纳德！”

但伯纳德仍然没羞没臊地说着。

他说：“成人有能力，总干活儿。孩子有感觉，有渴望。”

“我主福特喜欢孩子。”

对列宁娜的插嘴，伯纳德理都没理，继续说道：“那天我突然冒出个想法，一辈子做成人也是有可能的。”

“我不懂你在说什么。”列宁娜口气很坚定。

“我知道你不懂。所以我们昨天才睡了——像小孩子那样——而不是像成人那样慢慢行事。”

列宁娜坚持自己的看法，说道：“可你不觉得那样很有趣吗？”

“有趣，有趣死了。”他答道，但声音是那么悲伤，透着一种深深的痛苦，列宁娜感觉到自己的喜悦突然消失了。说不定他还是觉得她太胖了。

列宁娜跑过来和范妮谈心时，范妮就说了一句话：“我都跟你说了，这都是因为当初他们在他的代血剂里放了酒精。”

列宁娜坚持道：“可我还是喜欢他。他的手漂亮极了。他抖肩膀的样子——很迷人。”她叹了口气，又说，“可我还是希望他不要那么古怪。”

2

伯纳德在主任室门外踌躇了片刻，深吸一口气，挺直腰板，鼓起勇气，做好了被主任厌恶和刁难的准备[①]。他敲门，走了进去。

“跟你请个假，麻烦签下字，主任。”他尽量快活地说，把假条放到了书桌上。

主任不悦地瞥了他一眼。可假条上盖着世界领袖办公室的章呢，穆斯塔法·蒙德清晰的黑笔签名在下面从左侧跨到了右侧。一切都符合规定，没有任何问题。主任没办法了。他拿起铅笔，签了名——两个看不太清的姓名的首写字母，奴性十足地趴在了穆斯塔法·蒙德签名的脚下——正要什么都不说，也不奉上什么祝福的话，就把假条还给他，目光却被请假理由那一栏吸引住了。

“去新墨西哥野蛮人居留地？”他说，他的口气，以及此时已经抬起来的朝着伯纳德的那张脸，露出一副焦虑又吃惊的神色。

伯纳德因他吃惊自己也有些吃惊，点了点头。一阵沉默。

主任在椅子上朝后一仰，皱着眉头说道：“那是多久前的事了？”他更像是在自言自语，“我想有 20 年了吧。快 25 年了。那时候我肯定跟你一般大。”他叹了口气，摇了摇头。

---

① 他知道他肯定会这么干的。

伯纳德觉得好不自在。像主任这样的人，可是严格按规矩办事的，工作中从未有过任何失当之处——此刻竟然犯了大忌！这叫他恨不得双手捂脸，赶紧逃出屋子。并不是因为听别人说很久以前的事让他觉得反感，这个睡眠教育的偏见早就[1]被他彻底弃掉了。让他觉得不好意思的是，主任竟然干起了明令禁止的事——他倒是很反对做这种事的，可现在他自己却干上了。出于什么样的内心的冲动？紧张不安的伯纳德热切地听着。

“当时我跟你想得一样，”主任说话了，“也想去看看那些野蛮人。请假去新墨西哥，去那里度暑假。跟一个相好的姑娘去的。她是一个贝塔减，我想，”[2]“我想她当时留的是一头黄发。反正长得挺丰满的，特别丰满，我记得这个。之后，我们就去了那里，看了那些野蛮人，骑马闲逛，就是这些事。然后——差不多是在那里待的最后一天吧——然后……唉，她就失踪了。当时我俩骑马爬上一座丑陋的山，天气热得很，又闷，吃完午饭就睡了，至少我就睡了。她肯定一个人去散步了，反正等我醒过来她就不在了。我这辈子从没见过那么大的雷暴雨，冲着我们就下来了，炸雷在我们头顶乱响，真是吓死人了。电闪雷鸣，暴雨如注，马挣脱缰绳跑了；我想抓住缰绳，结果摔了一跤，把膝盖都弄伤了，几乎走不成路。可我还是找啊，喊啊，找啊。连她的影子都看不到。然后，我想她肯定一个人

---

① 他就是这么想的。

② 他闭上了双眼。

回我们住的旅店了。于是，我循着我们来时的路连滚带爬进了山谷。我的膝盖痛死了，苏摩又被我弄丢了。我折腾了好几个小时，半夜才赶回旅店。她不在那里，她不在那里，”主任重复道。一阵沉默。“唉，”他终于又说了下去，“第二天找人搜救。我们却没找到她。她肯定掉到哪个河谷里去了，要么就是被美洲狮吃了。只有福特知道她去了哪里。反正这件事很恐怖，让我十分苦恼。我想这就是命吧。因为这种事谁都可能碰到，当然了，个人可能会发生一些变化，但社会是永远不变的。”但这种睡眠教育的安慰好像没起多大作用。“其实，我有时候会梦到这件事，”主任压低了声音，继续说道，“梦到被炸雷震醒，发现她不见了踪影；梦到在树底下一遍又一遍地找她。”他不说了，沉浸在了回忆中。

“你定是被吓坏了。”伯纳德几乎是妒忌地说道。

听到他的声音，主任这才意识到自己在做什么，马上露出一副愧疚的样子，瞥了伯纳德一眼，脸先是一红，而后阴沉下来，看向了别的地方。然后，他突然用怀疑的目光盯着他，为了彰显身份，保持派头，眼睛里还喷射着怒火。“别瞎想，”他说，“我跟那姑娘是清白的。没动感情，时间又不长。一切都是很健康、很正常的。”他把假条递给了伯纳德。“真搞不懂，我和你说这些琐事干吗。”他说漏了一个丢人的秘密，气得鼓鼓的，就拿伯纳德出气。不用说，他现在的目光中透着十足的恶意。“我想借用这个机会，马克思先生，”他继续说，“给你提点意见，听人说你在工作时间之外的表现可不太好，我很不满意。你可能会说这不关我的事，可这就是我分内的事。我得为中心的名声考虑。我的员工都得让我放心，特别是那些高级别的员工。阿尔法们被设定好了条件，动感情时不用像婴儿那样。可因为这一点，他们更应特别努力地守规矩。表现得像婴儿，是他们的责任，就是不愿意也得这样。因此，马克思先生，我才对你良言相劝。”主任用颤抖的声音说，刚才还带着怒气，这时却变得全然正义与冷漠了——完全是在代替社会本身表达不满。“如果我再听见到你不守婴儿规矩，可就要把你调到副中心了——冰岛那地方更适合你。祝你上午过得愉快。”他在椅子上转了一圈，拿起钢笔，开始写字。

“算是教训他一下。”他想。可他想错了。伯纳德大步流星地走出他的办公室，砰的一声随手把门关上，想到自己像个孤胆英雄，在同现有秩序作战，狂喜之情油然而生；意识到了个人存在的意义和重要性，兴奋得不能控制，不由得高傲起来。他想到了他们可能会迫害他，可是就连这个也吓不倒他，他没有感到沮丧，反倒觉得振奋。他觉得自己无比坚强，足以面对并战胜各种艰难困苦，就算去冰岛都不怕。他根本没有想到人家可能会对付他，因此这种信心变得更足了。人们是不会因为这样的事被调走的，他说让我去冰岛只是个威胁而已。只是一个最令人兴奋、最提神的威胁。他走在过道里，真的就吹起了口哨。

他说起那天晚上同培育所与条件设定中心主任的谈话时表现出了一副英雄气概。他最后说：“因此，我就叫他滚回那深不见底的过去中去，我呢，就迈着大步出门了。就这样。”他满怀期待地看着亥姆霍兹·沃森，等着他应得的嘉奖：赞同、鼓励和钦佩，可他一句话都没有等来。亥姆霍兹坐在那里，一声不吭，盯着地板。

他喜欢伯纳德，他感谢伯纳德，他就伯纳德这一位好朋友，可以跟他聊自己觉得重要的那些事。然而，伯纳德身上有些毛病是他很不喜欢的。像今天这种吹牛，还有吹牛之后突然出现的那种让人瞧不起的自怜，还有事后逞英雄、临阵脱逃、事后显能这种可鄙的臭毛病。他恨伯纳德这些毛病——只是因为他喜欢伯纳德。时间一点点过去了，亥姆霍兹仍在盯着地板。伯纳德突然脸红了，把头扭向了一边。

3

路上无事。“蓝色太平洋号”火箭提前两分半钟飞抵新奥尔良，在得州上空偶遇龙卷风，耽误了 4 分钟，但在西经 95 度赶上顺风，结果抵达圣菲时比预定时间晚了 40 秒。

“飞了 6 个半小时才晚了 40 秒，成绩还不坏。”列宁娜不情愿地承认道。

当天晚上他们就在圣菲睡的。旅馆很不错——比列宁娜去年夏天住过的那家叫北极光的皇家烂酒店强多了。这里有冷气、电视机、振动按摩仪、收音机、热咖啡、热乎乎的避孕药，每间卧室里还有 8 种不同气味的香水。他们进大厅时正在播放合成音乐，可以说该有的都有了。电梯里贴着个通告，上面说旅馆共有自动扶梯壁球馆 60 座，公园里可以玩障碍高尔夫和电磁高尔夫。

列宁娜叫道："可这一切听起来也太棒了吧。真希望我们能留在这里，再不走了。60座自动扶梯壁球馆啊……"

伯纳德提醒她道："居留地可是什么都没有。没有香水，没有电视机，甚至连热水都没有。你要是觉得自己受不了就待在这里，等我回来。"

列宁娜很受伤。"我当然受得了啦。我只是说这里很棒，因为……呃，因为进步真好，对不对？"

"每周说500遍，从13岁一直说到17岁。"伯纳德厌烦地说，就好像在自言自语。

"你说什么呢？"

"我说进步真好。等你真想去野蛮人居留地的时候再去吧，现在不必去。"

"可我真想去。"

"那好吧。"伯纳德说，这话几乎相当于一种危险。

去居留地，文件上得有居留地主管的签名。次日上午，他们赶到主管的办公室，及时递上文件。一个伊普西龙加黑人门卫递进伯纳德的名片，他们几乎立即就被请了进去。

主管是个阿尔法减，金发，圆脑袋，个子不高，红皮肤，满月般的脸，宽宽的肩膀，声音洪亮，像打雷一般，睡眠教育的警句张口就来。这人就像一个大水泉，说起话来东拉西扯，人家还没有请教，就给人家奉上良策。一张嘴就说个没完没了——像打雷一样，轰隆隆地响个没完。

"……56万平方公里，分成4个不同的副区，每个副区都有高压铁丝网围着。"

就在这时，也不知道到底是因为什么，伯纳德突然想起忘了关浴室里的古龙香水龙头。

“……大峡谷水力发电站供电。”

“等我回去，钱就要花老大一笔了。”伯纳德透过他的心灵之眼，看到香水表上的指针就像蚂蚁一样，正在一圈圈不知疲倦地、悄悄地转动着。“赶紧给亥姆霍兹·沃森打电话。”

“……6000伏电压的铁丝网长达5000公里。”

“不会吧。”列宁娜礼貌地问，根本不知道主管在说什么，只是从他那戏剧性的停顿中寻找线索。主管又轰隆开了，她趁人不备赶紧吞下半克苏摩，药吃了，这才能踏踏实实地在那儿坐着，既没在听，又没在想什么，只是用她那双蓝色的大眼睛痴迷地盯着主管那张脸。

“一碰铁丝网就死。”主管严肃地说，“在野蛮人居留地想逃跑，连门都没有。”

“逃跑”这个词发挥了暗示性的作用。伯纳德的屁股离了椅子，欠着身子说道：“我们该走了。”那个黑色的小指针跑得飞快，就像一只小虫子，一点点地在吞噬时间，啃噬他的钱。

“逃走，没门。”主管又说了一遍，挥挥手，让伯纳德重新坐下，文件还没有签，伯纳德没办法，只能听命。“那些在居留地出生的人——请记住一点，我亲爱的小姐，”他补充道，与此同时很下流地瞥了列宁娜一眼，用一种不太合适的低音说，“记住，在居留地，孩子们还在生，没错，的确还在生，虽然这听起来好像有点恶心……”[①]“我再说一遍，那些在居留地出生的人注定要死在那里。”

注定要死……每分钟流失 100 毫升的古龙香水，1 个小时就是 6 升。“也许，”伯纳德又尝试了一次，“我们该……”

主管身体前倾，用食指敲了敲桌子。“你问我居留地住着多少人。我的回答是”——露出一种得意扬扬的劲头儿——“我的回答是：不知道。我们只能大概猜一下。”

“不会吧。”

“我亲爱的小姐，我说的可是真的。”

6 乘以 24——不，差不多是 6 乘以 36。伯纳德的脸变得苍白了，不耐烦地抖着身体。但那个不可阻挡的隆隆声又响起来了。

“大概有 6 万印第安人和混血……野蛮极了……巡官偶尔去一趟……然而，和文明世界没有任何联系……依然保持着令人讨厌的习惯和风俗……婚姻，我亲爱的小姐，如果你知道那是什么的话，还有家庭……没有条件设定……迷信得不行……基督教，图腾崇拜，还有祭祖……语言都是没人说的那种，比如祖尼语、西班牙语、阿萨巴斯卡语……美洲狮、豪猪和其他的猛兽……传染性疾病……牧师……毒蜥蜴……”

“不会吧？”

他们终于逃了。伯纳德冲向电话机。快，快，可用了差不

---

① 他本希望一提这件下流的事，列宁娜会羞得脸红，可她只是假装懂他说的，笑道：“不会吧！”主管的希望破灭了，又开始说了。

多3分钟才和亥姆霍兹·沃森联系上。“我们可能已经在野蛮人中间了，”他抱怨道，“他妈的，工作效率低得很！”

“来克苏摩。”列宁娜提议。

他没吃，更愿意保持火气。最后，感谢福特，电话终于接通了，没错，那头是亥姆霍兹；他跟亥姆霍兹说了是怎么回事，亥姆霍兹说马上过去，马上过去关上龙头，没错，是马上过去，可还是借此机会把培育所与条件设定中心主任说的话告诉了他，昨天晚上在公开场合说的……

“什么？他在让人顶替我的位子？”伯纳德的声音变得痛苦了。“这么说，这件事就定了？他提冰岛了吗？你是说他提了？哦，福特！冰岛……”他挂了电话，扭过身去看着列宁娜。他的脸苍白，表情沮丧。

她问：“出什么事了？”

“什么事？”他一屁股瘫倒在椅子上，“我要被调到冰岛了。”

他过去总在想受审、受苦、受迫害是什么滋味[①]，甚至渴望遭受磨难。就在一周前，在主任办公室，他还把自己想象成一个敢于抗衡社会的勇士，要紧咬牙关坚忍地承受苦痛。主任的威胁实际上激发了他的斗志，让他觉得能够掌控自己的命运。可现在他才意识到，那是因为他当时没把那个危险当回事，他万万没想到，到了关键时候，主任真的什么事都能做得出来。现在看来威胁是真的，伯纳德被吓瘫了。那种想象中的坚忍，

---

① 他不怎么吃苏摩，除了靠意志苦撑，没别的办法。

那种理论上的勇气，如今已寻不到一丝痕迹。

他生自己的气——真他妈的是个大傻蛋啊！敢和主任对着干——真是好不公平，竟然没有给他别的机会，那个别的机会，毫无疑问，他现在是很愿意接受的。冰岛，冰岛……

列宁娜摇了摇头。“过去和未来让我烦忧，”她引用警句道，“我吃一克，只把握现在。”

她最后说服他吃了 4 片苏摩。5 分钟后，根和果实都被毁掉了，现实之花快活地绽放了。门卫进来说，遵照主管命令，一名居留地警卫已驾驶直升机赶到，此刻正在旅馆楼顶等待。他们赶紧上了楼顶。一个身着绿制服有八分之一黑人血统的混血伽马向他们致敬后，开始汇报上午的日程安排。

先鸟瞰十来个印第安村落，然后在马佩斯谷着陆吃午饭。那里的旅馆很棒，村子里的野蛮人很可能会庆祝夏节。在那里过夜再棒不过。

他们在座位上坐好，飞机起飞。10 分钟后，他们就在飞跃文明世界和野蛮世界的边界了。飞机时起时伏，盐漠、沙漠中，森林中，长满紫罗兰的深谷中，悬崖、山尖以及平顶山之上，都有铁丝网一路向前延伸，形成一条无法跨越的直线，正是象征人类意志胜利的几何符号。铁丝网下面，随处可见一堆堆马赛克状的白骨，一具尚未腐烂的死尸，都发黑了，躺卧在黄褐色的地面上，说明要么是鹿或者小公牛，要么是美洲狮、豪猪或者郊狼，要么是贪婪的红头美洲鹫，被腐尸的气味吸引过来了，却走得太近，碰到了电网，砰的一声被电死了，就像受了冥冥中的报应一样。

“不长记性。”身着绿制服的驾驶员指着他们下面地上的那些尸骨说。“不长记性。”他又说了一遍，之后哈哈大笑几声，就好像那些被电死的动物是他的个人杰作一样。

伯纳德也跟着笑了，吃了两克苏摩，他觉得这个笑话好像还有点可笑。笑了一通，然后几乎二话没说就睡着了，在沉睡中被飞机带着，飘过了陶斯和特苏克，飘过了南贝、皮库里斯和帕瓦奇，飘过了西雅和柯奇第，飘过了拉古纳、塔库玛和魔幻梅萨，飘过了祖尼、西伯拉和阿瓜斯卡连特；最后醒过来时发现直升机已经着陆了，列宁娜正把行李箱搬进一个方形的小房子里，那个穿绿制服的有八分之一黑人血统的混血，正在呜里哇啦地和一个印第安小伙子说话，说的是什么，根本听不明白。

伯纳德下飞机时，驾驶员跟他解释道：“马佩斯到了。这就是旅馆。今天下午村子里有舞会，他会带你们去的。”他指向那个郁郁寡欢的小伙子。“我想会很有趣吧。”他咧开嘴笑了，“他们做什么事都那么有趣。”说完这话就上了飞机，启动了引擎。“明天来接你们。还要记住一点，”他安慰性地对列宁娜说，“他们都是很温良的，绝不会伤害你。他们饱尝被毒气弹攻击的滋味，绝不会耍什么花招。”他仍在大笑着，让直升机螺旋桨进入工作状态，一加速，走了。

第七章

梅萨像一条船，停泊在一条土黄色的海峡中。海峡在陡峭的两岸间向前蜿蜒，从一侧斜插入对岸的，是一条绿色的光带——河和河田。海峡中央那条石船的船头，露出地表呈几何形的裸石那部分[①]，便是马佩斯村。一座座的房子，耸立着，一层接一层，就像阶梯状的金字塔被砍掉了角那部分，直直插向蓝色的天空。这些高高的房子脚下，稀稀落落地，横躺着一些矮屋，还竖着一堵T字形的墙；三面陡峭的河岸垂直插入平原。几缕炊烟，钻入没有一丝风的空气中，不见了踪影。

“怪，”列宁娜说，“好怪。”她痛斥什么事时总用这个词。“我不喜欢这里。我也不喜欢那个人。”她指了指奉命带领他们上山进村的那个印第安向导。她的感觉显然是对的，那人走在他们前面，后背透出恶意、愠怒和鄙视。

---

① 看上去也像是船头的一部分。

“还有啊，”她压低声音说，“他臭死了。”

伯纳德没想否认这一点。他们继续走。

突然，漫天的空气好像有了生气，冲动了起来，就像血液不知疲倦地流动所激发出的那种冲动。上面，马佩斯村，有人正在敲鼓。他们的脚踩在那种神秘的鼓乐的节奏上，不由得加快了脚步。他们循着上山的路，到了悬崖脚下。大石船的船身像高塔，遮盖住了他们，抬头望去，船舷在 300 米的高处。

“要是坐飞机来就好了。”列宁娜怨恨地望着那荒芜的悬挂着的岩面说。“我不喜欢走路。站在山脚下，会让人觉得自己十分渺小。”

他们在平顶山的阴影中朝前又走了一段路，绕过一块凸出的岩石，到了一条被水冲刷出的沟壑跟前，从那里可以爬上升降梯。他们开始爬。路陡得不行，呈 Z 字形在沟壑两边向前蜿蜒。有时，鼓声几乎听不到，有时又仿佛就在拐角处。

走到半路，一只鹰紧贴着他们的身体飞了过去，脸上顿时感觉到了一阵寒意。一处石缝中有一堆白骨。真是太怪了，怪得让人压抑，还有，那个印第安人身上越来越臭。他们终于从沟壑中来到了阳光下。平顶山的顶就是一块平坦的巨石。

列宁娜说道：“就像查令 T 字大楼的楼顶。”这个发现让她获得了些许快慰，但她的这种感觉没有持续多久就被切断了。一阵轻柔的脚步落地的啪啪声使他们把身体转了过去。是两个野蛮人，从咽喉到肚脐眼全裸着，深棕色的皮肤上涂抹着白色的线条[①]，脸上抹得红一块，黑一块，黄一块，看着连个人样都没有，俩人正匆匆赶路。他们头发是黑色的，用狐狸皮和红色的法兰绒细条绑着辫子。火鸡毛做成的装饰物在肩膀上晃动着，羽毛编成的大花冠炸开着，扣在脑袋上，瞧上去十分艳丽。每走一步，银手镯、沉甸甸的骨头项链以及青绿色的珠子就会叮当叮当地乱响一通。他们一言不发地跟上来了，穿着鹿皮靴，静悄悄地匆匆赶路。其中一个拿着一把羽毛掸子，另外一个，从远处看，好像双手各拿着三四条粗绳子。其中有条绳子不安地扭动着，列宁娜突然发现那是蛇。

两个人越来越近了，黑色的眼睛盯着她，脸上却没有流露出任何认识她的迹象，连一丁点儿见过她或者意识到她的存在的迹象都看不到。那条扭动的蛇又软弱无力地垂下了身体，跟其他的蛇一个样了。

"我不喜欢，"列宁娜说，"我不喜欢。"

让她更不喜欢的还在村口等着她呢，向导把他们扔在那里，一个人进村去请示。最先看到的是排泄物，而后是成堆的垃圾、尘土、狗，还有苍蝇。她的脸缩成一团，做了个鬼脸，显出一种厌恶的神情。她用手帕捂着鼻子。

"他们怎么可以在这种地方住？"她的声音中透着气愤和怀疑。[②]

---

① 列宁娜事后解释道："就像水泥地面的网球场。"

② 简直不是人住的地方。

伯纳德耸耸肩，泰然自若地说道：“反正最近的五六千年他们就是这么过来的。我想他们现在都习惯了吧。”

她不甘心地说：“可清洁与福特为伴。”

“是的，文明也与消毒为伴。”伯纳德继续用一种讽刺性的语气总结着第二堂初级卫生学课程的内容。“但这些人从未听说过我主福特，也不文明。因此说这个没有……”

“哦！”她一把抓住他的胳膊，大声叫道，“快看。”

一个几乎全裸的印第安人，正从附近一座房屋的二楼阳台非常缓慢地从一个梯子上下来——一个横档一个横档地往下走，带着十二分的小心，因为岁数实在太大了。他的脸上皱纹堆垒，肤色又黑，就像一个黑曜岩面具。早就没牙了，嘴巴深陷着。两个嘴角和脸颊两侧留着几根长胡子，在黝黑皮肤的衬托下几乎散发着白色的光芒。灰白色的长发没有梳辫子，一绺一绺地垂着，盖住了脸。他的腰弯着，瘦得皮包骨头，几乎都瘦干了。他很缓慢地朝下走，每下一个横档都要停一下，然后才敢迈下一个。

“他这是怎么了？”列宁娜低声说。她又惊又怕，睁大了眼睛。

“老了呗，就这样。”伯纳德尽量漠不关心地说道。他也震惊了，却努力摆出一副无动于衷的模样。

“老了？”她重复道。“主任老了，很多人都老了，可他们都不是这个样子啊。”

“那是因为我们不想让他们变成这个样子。我们保护他们不受疾病的侵扰，我们通过人工方式使他们的内分泌系统始终保持跟年轻人一样的平衡状态；我们不让他们的镁钙比例降到

30 岁以上的水平；我们给他们输送年轻的血液；我们让他们的新陈代谢过程永远保持在亢奋状态。因此，他们当然就不是这副模样啦。还因为，”他补充道，“他们当中的大多数人还没有活到这么老的年纪就死掉了。60 岁以前，青春几乎没有流失，60 岁以后嘛，咔嚓一声！人就完蛋啦。”

但这些话列宁娜根本没在听，她一直在注视那个老人。慢慢地，慢慢地，他从梯子上下来了，他的双脚触碰到了地面。他转过身来，深陷的眼窝里，一双眼睛仍然射出异常明亮的光。那双眼睛，没有任何表情，看了她好一会儿，没有露出一丝一毫的惊讶，就好像她根本没站在那里一样。然后，他弓着背，一瘸一拐地走过他们身旁，走远了。

列宁娜小声说：“太可怕了。太可怕了。我们不该到这里来的。”她在兜里摸着，想找些苏摩，却发现那瓶药被她落在旅馆了，这样的疏忽可是从来没有过的。伯纳德的兜里也是空的。

列宁娜只能无助地面对马佩斯的恐怖景象了。一下子涌出那么多野蛮人，黑压压的一片，冲着她匆匆走过来了。两个女的，还很年轻，在给孩子喂奶，看到这个，她觉得很害臊，脸红了，把头扭向了一旁。这么丢脸的事，她活了这么大还从来没见过。更见鬼的是，伯纳德竟然没有乖觉地避开这种淫秽的场面，而是继续大言不惭地评述这令人作呕的下流一幕。苏摩的效用已经消散了，那天上午在旅馆里，他表现出了懦弱，为此觉得很丢脸，现在他想表现得坚强些、离经叛道一些。

“他们的关系好亲密啊，”他故意把自己搞成一副很无耻的样子，“这种关系肯定能滋生出一种强烈的感情！我时常想，一个人，如果没有母亲，会是一种缺失。列宁娜，这辈子你都做不了母亲，我想你或许也会有些遗憾吧。试想一下，你坐在那里，怀里抱着你的孩子……”

“伯纳德！你怎么可以这么说？”就在这时，一个患了眼疾和皮肤病的老女人吸引了她的注意，她也就顾不上生气了。

“我们走吧，”她恳求道，“我不喜欢这里。”

可就在这个时候，向导回来了，跟他们打了个手势，让他们跟上他，几个人便穿行在房子之间的窄街上了。他们绕过一个街角。一堆垃圾上躺着一条死狗，一个女人，甲状腺肿着，正在给一个小姑娘捉头上的虱子。向导在一个梯子底下停住脚步，一只手垂直竖起，再水平向前一伸，什么也没说。他们乖乖照做——爬上梯子，穿门而入，进入一座狭长的屋子，黑洞洞的，有一股混合了烟气、热油、没有洗过的旧衣物的怪味。屋子尽头，远远的地方，有另外一道门，穿过去，一道阳光显现出来，还能听到震天的鼓声，好像就在近处。

他们跨过门槛，发现已来到一个宽阔的阳台上。下面，被高高的屋子包围着的，是村子里的广场，挤满了印第安人。艳丽的毯子、黑发中的羽毛、亮晶晶的青绿色的石头以及黝黑的皮肤，在热气的烘烤下散发着光亮。列宁娜又用手帕捂住了鼻子。广场中央开阔的空地上，有两个用石头和砸实的黏土做成的圆形舞台——显然是地下室的顶，因为每个圆台中央都开有一个楼梯口，一架梯子从低处的黑暗中露出了头。地下室里有人在吹笛子，笛声冒了上来，却被淹没在无休无止的强劲鼓乐中，几乎听不到了。

列宁娜喜欢这鼓乐。她闭上双眼，释放自己，任凭不断重复、如闷雷般的鼓声侵扰身心，让它越来越彻底地侵入她的意识，直到最后，整个世界中除了低沉的鼓声再也不剩别的了。这让她想起了团结一致礼拜会和福特日庆祝活动中的合成噪音，让她感到了一些快慰。“快活吧。”她小声对自己说。这些鼓打出的正是那样的节奏。

突然迸出一阵歌声——数百个男性用刺耳的金属噪音狂吼起来。唱完几个长音，安静了，雷鸣般的鼓乐之后的那种安静，然后有个女人发出一阵声嘶力竭的尖叫声，算是对男人大合唱的一种回应。接着，鼓乐再次响起，男人们再次用低沉野蛮的吼声证明着雄性气概。

怪——是怪。地方怪，音乐怪，衣着怪，甲状腺肿瘤怪，皮肤病怪，老人们也怪。可这表演本身——好像没有一丝一毫的怪异之处。

“这让我想起了下等人合唱社会歌。”她对伯纳德这么说。

但过了一会儿，让她想到的就不再是那种无害的仪式了，因为从那些圆形的地下室里突然涌出来一群可怕的怪物。有的戴着丑恶的面具，有的浑身涂满油彩，看起来完全不像人，迈起沉重的步子，绕着广场，一瘸一拐地跳起一种怪异的舞蹈；一圈又一圈地转，转圈的时候嘴里还唱着歌曲——每绕一圈，速度都要变快那么一点；鼓乐变了，节奏加快，听起来就像是一个害了热病的人的脉搏在疯狂跳动；群人开始和舞者齐唱，歌声越来越响；先是一个女人发出一声尖叫，而后又一个女人跟进，接着又是一个，又是一个，就好像有人正在杀她们一样；

然后，突然间，领舞者从队伍里蹿了出来，跑向放在广场一头的一个大木头箱子，掀开盖子，拽出两条黑蛇。人群中发出一阵阵尖叫声，其余的舞者纷纷张开双臂，朝他这边飞奔过来。他一挥手，把两条蛇扔向跑得最快的那些人身上，然后伸进柜子再去拿蛇。黑蛇、棕蛇、杂色蛇，一条一条被他从里面拽出来，越拽越多——都被他扔到了人群中。然后，舞蹈以另外一种节奏再次跳起。他们拿着蛇一圈接一圈地转动，蛇缠绕在他们身上，他们的膝盖和屁股像波浪一样微微摆动。转了一圈又一圈。然后，领舞者发出一个信号，那些蛇一条接一条被扔向广场中央；一个老人从地底下冒出来，双手捧着玉米粉，撒在群蛇身上；另外一个地窖里又冒出一个女人，从一只黑罐子里捧些水，喷洒在群蛇身上。然后，老人举起一只手，周围顿时安静下来，诡异的气氛出现了。鼓不敲了，一切的活物似乎都处于将死状态。老人用手一指那两个通往地下世界的地窖口。从一个地窖口慢慢冒出来一只鹰的彩像，彩像下面像有一双无形的手托着，而从另一个地窖口冒出来的，是一个被钉在十字架上的赤裸人像。老人双手一拍，从人群里走出来一个 18 岁左右的小伙子，除了一块白色的棉质腰布，身上什么都没穿，站在了老者面前，双手交叉放在胸脯上，头低着。老者在他头上画了一个十字，随即转身离去。小伙子开始慢慢地围着缠绕蠕动的蛇堆走动。他走完第 1 圈，第 2 圈刚走了一半，就见舞者中间走出来一个高个儿男人，戴着一副郊狼面具，一手拎着一条辫状皮鞭，冲着他走了过来。小伙子继续绕圈，好像并未察觉到这个男人的存在。面具男人举起鞭子，长久的等待过后，就见男人的手飞快地一抡，鞭梢嗖嗖响着，抽到了肉身上，只听啪的一声，小伙子的身体颤抖了一下，却没有发出任何声音，依然用缓慢坚定的步伐走着。面具男人一次又一次地抡动鞭子抽打小伙子，众人先是倒吸一口凉气，而后发出一阵沉重的呻吟声。小伙子还在走。第2圈、第3圈、第4圈，他已经走了4圈。身上的血在往下流。第5圈走完了，第6圈也走完了。列宁娜突然双手掩面，开始啜泣。“哦，不要再打了，不要再打了！”她恳求道。但鞭子还是无情地接连抽了下来。第7圈走完了。然后，小伙子突然打了个趔趄，却还是一声没吭，一头摔倒在地。老者走过去，俯下身体，用一根白色的长羽毛轻抚小伙子的后背，抚弄了一会儿，举起羽毛，此时人们看到羽毛已变成暗红色，老者用沾血的羽毛在蛇群上摆动了三次。几滴血落了下来，突然，鼓乐再起响起，节奏变得十分疯狂，叫声连连。众舞者冲过去，捡起蛇，跑出场外。男人、女人、孩子，所有的人都在后面紧紧追赶。一分钟后，广场空了，只剩下了那个趴在地上的小伙子，一动也不动。三个老女人从其中的一栋房子里跑出来，费了些劲才把他扶起来，抬进屋内。鹰和钉在十字架上的男人的肖像，在空荡荡的村子上空守望了一会儿，然后，就像是看够了一样，慢慢地从地窖口沉了下去，进入阴间，不见了踪迹。

列宁娜还在哭泣。“太可怕了。”她一个劲儿地说着，伯纳德怎么安慰她都不管用。“太可怕了！那血！”她浑身战栗着。“哦，要是能吃点苏摩该有多好。”

一阵脚步声从里屋传了过来。

列宁娜没动，坐在一旁，双手掩面，不去看。只有伯纳德把身体转了过去。

一个小伙子走上大阳台，从穿着看是印第安人，但梳着辫子的头发是浅黄色，眼睛淡蓝，原本白色的皮肤被晒成了古铜色。

“你们好。上午好。”陌生人说道，英语说得挑不出错误，又很有特色。“你们是文明人，对吗？你们是外地人吧？从居留地外面来的吧？”

“你到底是……”伯纳德吃惊地开口说道。

小伙子叹了口气，摇了摇头。“一个很不快乐的年轻人。”说话间用手一指广场中央的血迹，“看到那个该死的地方了没？”因为激动，他的声音有些颤抖。

“吃一克总比不吃好。”双手掩面的列宁娜不由自主地说道，“要是能吃点苏摩该有多好！”

“在那里的应该是我。”小伙子继续说，“他们为什么不让我当祭物？我可以走10圈，12圈，15圈。帕罗提瓦只走了7圈。他们本可以在我身上抽两倍的血出来，把辽阔的大海染红。”他舒展双臂，然后又绝望地放下了。“但他们不要我。因为我的肤色，他们不喜欢我。总是这样。总是这样。”说完，泪水在小伙子的眼眶里开始打转，他感到了耻辱，把头扭了过去。

列宁娜吃惊极了，忘掉了没有吃苏摩这回事。她放下双手，第一次看这个陌生人。“你是说你想被那条鞭子抽？”

小伙子没有看她，点了点头。“为了村子——为了雨能下来，庄稼能生长。为了取悦造物主和耶稣，也为了表明我能一声不吭地忍受痛苦，我愿意挨鞭子。”他的声音突然变了，变得洪亮了，肩膀也骄傲地扭了一下，转过了身子，骄傲又勇敢地抬起了下巴，“为了表明我是个男人……哦！”他倒吸了一口冷气，不说话了，张着大嘴发呆。这还是他第一次见到这样的一位姑娘：脸颊既不是巧克力色，也不是狗皮色，头发是赤褐色的，永远起着波浪，表情[①]是那么和善，透着浓浓的关爱。列宁娜正在对他微笑，她想，多好的一个小伙子啊，身材又那么健美。血涌上小伙子的脸，他低下了头，过了一会儿又抬了起来，却发现她还在对他微笑，他实在受不了了，只好跑开，假装盯着广场对面的某个东西看。

伯纳德的问题转移了他的注意力。伯纳德问他是谁？他是怎么来到这个地方的？什么时候来的？从哪里来的？他盯着伯纳德的脸[②]，开始讲述自己的身世。他和琳达——琳达是他母亲[③]——是居留地里的外地人。琳达很久前和一个男人从“那个地方”来到这里，男人是他父亲，当时他还没出生。[④]她一个人在那边的山里朝北走，不慎从一个陡坡掉了下去，碰伤了脑袋。[⑤]几个马佩斯的猎人发现了她，把她抬回村里。至于他的父亲，母亲琳达再没有见过他。他的名字叫托马金。[⑥]他肯定是逃了，回

---

① 无比新奇。

② 他的心里燃烧着一团火，想看列宁娜，却又不敢看，只好这么做。

③ 这个词让列宁娜觉得有些不安。

④ 伯纳德竖起耳朵仔细倾听。

⑤ “接着说，接着说。”伯纳德兴奋地说道。

⑥ 没错，培育所与条件设定中心主任就叫托马金。

到了“那个地方”，一个人跑了——一个冷酷的变态坏蛋。

“因此我就是在马佩斯出生的，”他最后说道，“在马佩斯。”说完又摇了摇头。

村边上的那座小屋真是又脏又臭！

一堆土和垃圾把它和村子分开。两条瘦骨嶙峋的狗在小屋门口不知羞耻地嗅着。他们进去发现，暮光中冒着一股臭气，苍蝇嗡嗡乱飞。

“琳达！”小伙子叫道。

里屋有人说话，是一个沙哑的女声：“来啦。”

他们等着。地上的碗里放着吃剩的饭菜，也许是吃了好几顿的剩菜。

门开了。一个很胖的女人迈过门槛，站在那里看着这两个陌生人，不敢相信地盯着他们，嘴巴张得大大的。列宁娜发现，这个女人的两颗门牙已经没了，这让她有些恶心。剩下的那些牙的颜色又……她的身体开始打战。这个女人的模样比那个老人还要难看。胖死了。满脸皱纹，肥肉松松垮垮，身上都是褶皱。脸蛋儿松垂着，身上长满了紫色的斑。鼻子上爬满了红色的血管，眼睛里布满了血丝。还有那个脖子——那个脖子，裹在上面的那块毯子——又烂又脏。麻袋一样的棕色外衣下面，是两个巨大的奶子，肚子朝前鼓着，两片屁股无比肥硕。哦，比那个老人难看多了，难看多了！突然，这个丑女人呜里哇啦地说开了，还伸出两只胳膊朝着她冲了过来，还——福特！福特！简直太恶心了，再过一会儿她就要吐了——这个丑女人竟把她紧紧搂在怀里，大肚子顶着她，大奶子挤着她，开始亲她。哦，福特！

还亲她！还流着口水！身上都臭死了，显然一辈子也没洗过澡，就跟装进德尔塔们和伊普西龙们瓶子里的那种东西一个味[①]，肯定是酒精的臭味。她尽快地挣脱了。

她的面前是一张啜泣、变形的脸，丑女人哭了。

"哦，亲爱的，亲爱的。"丑女人一边啜泣，一边滔滔不绝地说着，"你要知道我有多高兴——我这些年过得好苦啊！一张文明人的脸。没错，还有文明人的衣服。因为我本以为这辈子再也不会见到真正的醋酸丝绸衣服了。"她轻轻地抚摸着列宁娜的裙子说。她的指甲都是黑的。"还有这些可爱的粘胶棉绒内衣！知道吗，亲爱的，我那些旧衣服还留着呢，我当初到这里来的时候穿的那些衣服，都被我放箱子里了。一会儿我让你看看。虽然，当然了，醋酸丝绸衣服上都是窟窿了，可那么漂亮的一条白腰带——虽然我得说你这条绿色摩洛哥皮腰带更漂亮。"她的眼泪又开始哗哗往下淌，"我想约翰都跟你说了，我受的那些苦啊——连一克苏摩也没得吃。只能不时喝点龙舌兰酒，蒲伯以前总给我带些过来。蒲伯是我以前认识的一个小伙子。不过，龙舌兰酒下肚以后，那个滋味……唉，叫人好难受，吃点仙人掌吧，又恶心得不行；还有啊，喝了这酒，会让你第二天有一种很丢脸的感觉。我的脸都丢尽了。想想看：我，一个贝塔——有个孩子，站在我的位置上试想一下。"[②]"虽

① 哦，关于伯纳德的传言不可能是真的。

② 这个提议让列宁娜打了一个寒战。

然我敢发誓不是我的错，因为我至今都不知道事情怎么会变成今天这个样子，我可是一直都在做马尔萨斯避孕训练的啊——知道吗，我总是一步步来，第一步，第二步，第三步，第四步这样子，我发誓我说的可都是真的，可还是怀孕了，当然了，这里是没有堕胎中心的。对了，堕胎中心还在切尔西吗？”她问。列宁娜点了点头。“周二和周五晚上，那泛光灯还那么亮吗？”列宁娜又点了点头。“那栋粉色的玻璃大楼可真漂亮！”可怜的琳达抬起头，紧闭双眼，心醉神迷地回忆着那闪亮的画面。“还有夜里的那条河。”她小声说道。大颗大颗的泪珠从她紧闭的双眼中慢慢流了出来。“晚上坐着飞机从斯托克伯吉斯俱乐部回来。然后洗个热水澡，享受享受真空振动按摩仪的抚摸……可是，啊。”她深吸一口气，摇了摇头，再次睁开双眼，抽了一两下鼻子，又用手指擦了几下鼻涕，擦在裙子上。“哦，真的很对不起。”看到列宁娜不由自主地做了一个厌恶的表情，她这样说，“我不该这样。对不起。可话说回来，连个手帕都没有又能怎么做呢？我想起了当初我到这里时，每次看到那些脏东西都会恶心得想死，这地方什么防感染措施都没有。他们把我抬到村里，我的脑袋破了一大块。你想象不到他们是怎么给我敷伤口的。用的都是脏东西，脏东西。‘文明就是消毒’，我过去常对他们这么说。还有‘链球菌向右转，转到班伯里T字架那边，去看看漂亮的洗手间’。就好像他们还都是小孩子一样。不过，当然了，我说的话他们一概不懂。他们怎么能懂呢？到了最后，我想我习惯了。毕竟连热水都没有，还谈什么清洁？看看这些衣服。这件羊毛衫糟透了，根本不是什么醋酸丝的。结实倒是很结实，破了就得补，可我是个贝塔，当初也是在培育室工作的，没人教过我怎么补衣服。这根本不是我应该做的。还有，补衣服根本就不合规矩。衣服破了随手扔掉就是了，再买新的。‘补丁越多，人越穷’，这句话我说得对不？补衣服是一种反社会的罪行。但在这里就完全是另外一回事了。我就好像在跟一群疯子生活。他们不管做什么都是那么疯狂。”她朝周围看了看，发现约翰和伯纳德早已出了屋子，高一脚低一脚地走在屋外的尘土与垃圾中了，可她还是压低声音，把身体尽可能近地靠向列宁娜那边，偷偷摸摸地说着话，呼出的胚胎毒气威力很大，都把列宁娜脸颊上的头发吹动了，搞得列宁娜紧张得不行，一个劲儿地朝后躲。“比如，”她哑着嗓子小声说道，“就拿彼此相属这件事来说吧。太疯狂了，实话对你说吧，简直是太疯狂了。人人彼此相属——对不对？对不对？”她拽着列宁娜的衣袖追问道。列宁娜点了点歪向一旁的头，终于呼出了憋着的那口气，然后又深吸了一口污染程度相对轻一点的空气。“这么说吧，在这里，”对方继续说道，“一个人只能跟一个人，不能多跟。你要是像以前那么干，别人就会觉得你是个坏人，是反社会的。他们就会恨你，瞧不起你。有一回，我这里来了一大帮女人，闹得那个凶啊，就别提了，为什么？就因为他们的男人来看了我一下。唉，他们怎么就不能来看看我呢？然后，她们就一块朝我冲了过来……哦，不，简直是太可怕了。这事我就不跟你说了。”琳达双手捂着脸，身体开始颤抖。“她们太可恨了，我是说这里的女人。疯子，都是疯子，都是畜生。当然啦，她们根本不知道马尔萨斯避孕法、瓶子、换瓶这些东西是怎么回事。因此她们就一个劲儿地生孩子——就像狗一样。简直太恶心了。想到我……哦，福特，福特，福特！不过呢，约翰是我深深的安慰。没有他，我简直不知道该怎么活。虽然他有时候会很痛苦，因为有别的男人……他很小的时候就在忍受这种事。有一回[①]，他想弄死可怜的怀胡希瓦——还是蒲伯？——就因为以前我有时陪他们睡觉。文明人本来就该这么做啊，我却怎么都无法让他理解这一点。我觉得疯狂是能传染的。不管怎么说吧，我觉得约翰那股疯劲儿就是从印第安人那里学的。因为，当然了，他总跟他们在一起。虽然他们对他那么不好，别的孩子可以做的事不让他做，可他还是愿意和他们在一起。从某种程度上说，这倒也不失为一件好事，因为这让我能容易地给他设定一点条件。可那种困难的程度你根本想不到。我不懂的东西太多了，我懂那么多干吗？这本来就不关我的事嘛。我指的是孩子问你直升机是怎么工作的或者这个世界是谁创造的这种事——唉，可我是个贝塔啊，又一直在培育室工作，你说，这种事叫我怎么回答？叫我怎么回答？”

① 不过那时候他已经大了些。

第八章

屋外的尘土和垃圾中[①]，伯纳德和约翰高一脚低一脚地慢慢走着。

“我很难理解，”伯纳德说道，“很难重述。好像我们住在不同的星球上，活在不同的世纪里。一位母亲，这么多的垃圾，众神，衰老，还有疾病……”他摇了摇头，“几乎无法想象。你不说我永远理解不了。”

“说什么？”

“这个，”他指了指那村庄，“那个。”他指的是村外的那座小屋，“一切，你的整个生活。”

“从何说起呢？”

“从开头说。从你记事的时候开始说。”

“从我记事的时候开始说。”约翰一皱眉，一阵长久的沉默。

---

① 现在有 4 条狗了。

天气炎热。母子俩吃了很多玉米饼和甜玉米。琳达说道："过来躺下吧，宝贝。"他们便一起躺在那张大床上了。"唱个歌吧。"琳达就唱了。她唱的是"链球菌向右转，转到班伯里T字架那边"和"再见啦，班廷宝贝，你马上就要换瓶了。"她的声音越来越微弱。

一阵乱糟糟的声音，他惊醒了。一个男人站到了床跟前，身材高大，样子吓人。男人在跟琳达说什么话，琳达在笑。她拽过毯子，拉到下巴底下，却被那个男人一把扯下了。那男人的头发像两条黑绳子，一只胳膊上戴着一个漂亮的镶嵌着蓝石头的银手镯。他喜欢那个手镯，却又害怕，把脸埋进琳达的怀里。琳达抚摸着他，他感觉安全了些。她用他那个时候还不太懂的话对那个男人说："当着约翰的面不行。"男人看了他一眼，又看看琳达，用温柔的声音说了几句话。琳达说："不行。"但那个男人俯下身，盯着床上的他，男人的脸好大，好可怕，黑绳子般的头发碰到了她的毯子。"不行。"琳达又说了一遍，他感到琳达把他抱得更紧了。"不行！不行！"但那个男人早就抓住了他的一只胳膊，弄得他好疼。他痛得尖叫起来。男人抓出他的另外一只胳膊，把他拎了起来。琳达没有撒手，嘴里还在说着"不行，不行"。男人怒气冲冲地从嘴里迸出几个字，她的手突然就松开了。"琳达，琳达。"他连踢带扭，但男人拽着他到了门口，打开门，把他扔到了另外一间屋子正中央的地上，转身把门锁上了。他从地上爬起来，跑到门边。踮起脚尖，刚好能碰到那个大木头门闩。他举起门闩，用力推门，却没有推开。"琳达。"他大声喊道。她没有回答。

他记得那是一间巨大的屋子，有一些大木头状的东西，上面拴着一些线，周围站着很多女人——琳达说是在织毯子。琳达让他去一个角落里跟别的孩子待在一起，她走过去帮那些女人。他跟那些小孩子们玩了很久。突然，人们开始大声说话，那些女人正推搡琳达，琳达在哭。她走到门口，他在后面跟着她跑。他问她那些女人为什么生气。她说："因为我打碎了东西。"然后她也生气了。"我咋知道怎么织她们那些该死的玩意儿呢？"她说，"可恶的野蛮人。"他问她野蛮人是什么。回到家里，蒲伯正在门口等着，和他们一起进了屋。他带来了一只大葫芦，里头装满了东西，好像是水，却又不是水，是某种臭烘烘的东西，这东西很烫嘴，喝了会咳嗽。琳达喝了一些，蒲伯也喝了一些，然后琳达放声大笑，笑了好一阵子，之后跟蒲伯去了另一间屋子。蒲伯走后，他去了那间屋子。琳达在床上睡得死死的，他怎么叫都叫不醒她。

蒲伯常来。他说葫芦里装的是龙舌兰，但琳达说应该叫苏摩，只是喝了这东西会难受。他恨蒲伯。他谁都恨——恨那些来看琳达的男人。一天下午，他正在跟别的孩子玩——他记得那天挺冷的，山上还有雪——他来到屋后，听到卧室里有人在怒气冲冲地说着什么。是女人的声音，说的那些话他虽然听不懂，却知道是很可怕的话。然后，就听咣当一声。什么东西倒了，他听到有人在屋里快步走动，然后又响了一声，接着传过来一阵像是抽打骡子的声音，只是那声音又不像是抽在瘦骡子身上的，就听琳达尖叫道："哦，别打了，别打了，别打了！"他跑进屋内，有三个披着黑毯子的女人，琳达在床上躺着。有个女人正抓着她的两只手腕；另外一个压着她的两条腿，这样她就踢不了了；第三个正在用鞭子抽她。一次，两次，三次；每抽一次，琳达就会尖叫一声。他哭了，用力拽那个女人的毯子边。“求你了，求你了。”她用空着的那只手把他推开了。鞭子又一次落了下来，琳达又在尖叫了。他用两只手紧紧抓住那个女人那只棕色的大手，拼尽力气咬了下去。那女人尖叫一声，把手松开了，然后猛地推了他一把，把他推倒在地。他倒在地上时，那女人抽了他三鞭子。他感到了从未有过的疼痛——就像火烧一般。那鞭子呼呼响着又抽下来了，不过这次是琳达在尖叫了。

“可她们为什么要打你，琳达？”他那天晚上问。他哭了，背上红色的鞭痕还是那么痛。但他哭，还因为人们是那么残暴，那么不公正，他又是个孩子，拿她们一点办法也没有。琳达也哭了。她倒是大人，但也没有那么大的力气对付她们三个。这对她也是不公平的。“她们为什么要打你，琳达？”

“我不知道。我怎么知道？”她趴在床上，脸紧贴着枕头，听不清她在说什么。“她们说那些男人是她们的。”她继续说着，却一点也不像是在对他说，而是在跟自己身体里的某个人对话。她说了好久，他没听懂她说的是什么，最后，她又哭了，哭声比刚才还要大。

“哦，别哭了，琳达。别哭了。”

他抱着她，他搂着她的脖子。琳达放声痛哭。“哦，小心点。我的膀子！”她一把把他推开，推得非常狠。他的脑袋砰的一声撞到了墙上。“小白痴！”她吼道，然后，她突然开始抽他。一巴掌一巴掌地抽了下去……

“琳达。”他叫道，“哦，母亲，别打我。”

“我不是你母亲。我不愿做你母亲。”

“可是，琳达……哦！”她在抽他的脸。

“变成了一个野蛮人，”她吼道，“像畜生一样生孩子……如果不是因为你，我早就去找巡官了，说不定早就离开这个鬼地方了。可我带着孩子不能去找人家。这样太丢脸了。”

他看到她又要打他，赶紧抬起胳膊护住脸。“哦，琳达，不要打我，求你了，不要打我。”

“小畜生！”她一把扯下他的胳膊，他的脸露了出来。

“别打我，琳达。”他闭上眼睛，等着她打他。

但她没有下手。过了一会儿，他睁开眼睛，看到她正看着他。他想对她笑。她突然搂住他，一遍又一遍地亲吻他。

有时候，琳达一连几天都不起来。她躺在床上，沉浸在忧伤中。要么就喝蒲伯送来的那些东西，放声大笑一通睡下。她有时会犯恶心。她常忘了给他洗澡，除了冷玉米饼，没有别的吃的。他想起了她第一次在他的头发里发现那些小虫子时的情景，当时她连声尖叫，怎么都停不下来。

最幸福的时光当属她跟他说“那个地方”的事的时候。“想去哪里就真的可以坐飞机去哪里吗？”

“想去哪里就去哪里。”她会跟他说从一个盒子里播放出来的美妙音乐，可以玩的所有的醉心的游戏，美食和美味的饮料，按一下墙上的某个小东西就会有亮光出现，可听、可感、可闻又可见的电影，还有另外一个可以散发香味的盒子，像山那么高的粉房子、绿房子、蓝房子和银房子，每个人都很幸福，从未有过伤心或者生气的时候，人人彼此相属，还有可以看到、听到世界那一边正在发生什么事的盒子以及装在干净又漂亮的瓶子里的婴儿——一切一切都是那么干净，没有一点臭味，一点都不脏——人们从来不会感到孤独，在同一个大家庭里幸福地生活着，跟马佩斯的夏日舞会有些像，只是要幸福得多，那里的人们，每天都过得那么幸福……他一个小时一个小时地听着。有时候，他和别的孩子们玩累了，村里的一位老人就会用“那些话”跟他们讲一些奇怪的事，讲世界上伟大的变革者；讲右手和左手、湿和干的长期争斗；讲阿罔那威娄纳，这人在晚上思索，天气就起了大雾，然后用大雾创造了整个世界；讲地母天父；讲战争和机遇的孪生兄弟亚希羽塔和马萨利纳，讲玛丽和让自己青春重现的女神阿赫松努特莉；又讲了拉古纳的圣黑石、神鹰和阿科玛女神。这些故事都好奇怪，老人又是用“那种语言”讲的，更让他觉得奇妙怪异，因此不是很懂。他躺在床上，会想起天堂、伦敦和阿科玛女神，装在干净瓶子里的一排又一排的婴儿，耶稣和琳达在天上飞，世界的主宰——孵化场和女神阿赫松努特莉。

很多男人来看琳达。男孩子们开始冲着他指指点点。他们用奇怪的话说琳达是个坏女人，又用一些他不懂的名字称呼她，可他知道那都是坏名字。一天，他们唱起了一支和她有关的歌，唱了一遍又一遍。他冲着他们扔石头。他们还击，一块尖石头砸破了他的脸。血流不止，他成了个血人。

琳达教他读书。她用一块木炭在墙上画画——一只蹲坐着的动物，一个装在瓶子里的婴儿，然后又写了下面这些字：猫蹲在席子上。小孩在瓶子里。他学得很快，没太费劲。后来，他把琳达在墙上写的那些字都学会了，她就打开那个大木头箱子，从那些她从未穿过的好笑的小红裤子底下拿出一本小书。他以前常见这本书。“等你大了，”她以前说，“就能读了。”嗯，他现在够大了。他很骄傲。“恐怕你会觉得这本书不是太有意思。”她说，“可我只有这本书。”她叹息道，“你要是能见识一下我们过去在伦敦常常用的那些读书机就好了。”他开始读了。《胚胎的化学与细菌学条件设定》《胚胎库贝塔员工实用手册》，只是读那些标题就让他花去了一刻钟。他把那书扔到地上。“讨厌，讨厌的书！”他说，然后就开始哭。

男孩子们还在唱和琳达有关的那首歌。有时候，他们也会笑话他穿得太破烂。他把衣服撕坏了，琳达也不知道怎么缝补。她告诉他，在“那个地方”，衣服上有了洞，人们就扔掉再买新的。“破烂！破烂！”那些男孩子们常冲着他这样喊叫。“可我会读书，”他心里这样想着，“他们不会。他们连读书是怎么回事都不知道。”若是他总想读书的事，他们笑话他的时候，他就能很容易地做到假装不在意。他让琳达再把那本书拿出来让他读读。

男孩子们指指点点得越凶，唱得越凶，他就读得越狠。他很快就读会了所有的词，连那些最长的词也会读了。可那些词都是什么意思呢？他去问琳达，可是就算琳达知道一些词是什么意思，解释给他听的时候，他也不是很明白。何况，通常情况下，琳达根本说不出那些词的意思。

他问：“化学物是什么？”

“哦，就是镁盐，或让德尔塔们和伊普西龙们个子一直那么小、脑子总那么迟钝的酒精和骨骼生长所需要的碳酸钙这类东西。”

“可是琳达，化学物是怎么造出来的呢？它们是从哪里来的？”

“这个嘛，我就不知道了。都是从瓶子里来的。瓶子空了，就去化学物仓库那里补充一点。我想是化学物仓库里的那些人造出来的。要不就是派人去工厂取回来的。我不知道。我从来没有搞过化学。我整天跟胚胎打交道。”

他问她别的事，她也是这么说的。琳达好像一点都不懂。村里的那位老人说得要清楚得多。

“人和一切动物的种子，太阳的种子，大地的种子，天空的种子——都是阿罔那威娄纳用‘生长之雾’创造出来的。世界上有4个子宫，他把种子种到最下层的那个子宫里，种子就开始慢慢地生长了……”

一天[①]，他回到家，在卧室的地上发现了一本书，而这本书他从来没有见过。那书很厚，看起来又很旧。封皮被老鼠啃得乱七八糟，有些页松了，还皱皱巴巴的。他拿起来，看了看扉页：书名是《莎士比亚全集》。

琳达那个时候正在床上躺着，用一个杯子喝那些恶臭的龙舌兰酒。“蒲伯拿来的。”她说。她的声音粗哑，像是别人的声音。

---

① 约翰后来算了算，那天肯定是在他20岁生日后不久。

“一直在羚羊会堂的一个箱子里放着。据说在那里放了好几百年了。我看这事是真的，我看了几眼，好像说的都是废话。不文明。不过，你就拿它练练手吧，足够用了。”她喝完最后一口，把杯子放在床边的地上，翻了个身，咳嗽了一两声，睡了。

他随便翻开一页。

不，而是要生活在
一张又油又臭的床上，
沉浸在腐败、甜言蜜语和做爱中
下面就是肮脏的猪圈……

这些奇怪的话在他的脑袋里翻滚着，又好像雷在隆隆响着说话；如果鼓会说话，就又像夏日舞会上的鼓声了；还像人们在唱玉米歌，很美，很美，美得让你哭泣；像老马萨瓦拿着羽毛、雕花的棍子、骨头和石头念咒语——基呀嘶啦，嘶噜，唏洛咳喂，唏洛咳喂。基唉，嘶噜，嘶噜，茨噜！——却比老马萨瓦的咒语念得好听，因为那些话里头有更多的意义，因为那些话就像是在对他说一样；说得很棒，虽说他只是一知半解，却有着一种极美的魔力，他知道这些话都是说琳达的；都是说把空瓶子放在床边地上，躺在那里打鼾的琳达的；都是说琳达和蒲伯的，没错，就是说琳达和蒲伯的。

他越来越恨蒲伯。一个人总在微笑，却依然是个恶棍，残忍、奸诈、淫荡、冷酷的恶棍。这些词到底是什么意思？他只是一知半解。但它们的魔力是强大的，不停地在他的脑子里翻滚着，不知为何，他好像觉得自己从未真的恨过蒲伯；从未真的恨过，因为他从来也说不出自己有多恨。但现在他有了这些词，这些词就像鼓声，就像歌声，就像魔法。这些词以及由这些词组合成的那个奇怪的故事[①]——它们给了他一个恨蒲伯的理由，让他的恨变得更真实了，甚至让蒲伯自身也变得更真实了。

一天，他在外面玩耍完了，回到家，发现里屋门开着，看到他们两个正躺在床上睡觉——琳达那么白，蒲伯却几乎像个黑人，躺在她身旁，一只胳膊在她的肩膀底下，一条长辫子横在她的咽喉上，就像一条黑蛇，想要缠死她。蒲伯的葫芦和一只杯子在床边的地上放着。琳达在打鼾。

他的心好像消失了，只留下一个窟窿。他的身体空了。空了，冷了，很难受，就要站不稳了。他靠在墙上支撑着身体，不让自己倒下。残忍、奸诈、淫荡……这些词像鼓声，像赞颂玉米的歌声，像魔法，在他的脑袋里一遍又一遍地重复着。他刚才是冷的，此时却突然热了起来。血涌上他的脸颊，烫得厉害，屋子在他眼前旋转，变黑了。他紧咬牙关。“我要弄死他，我要弄死他。”他一遍又一遍地说着。突然，又有两句话蹿了出来：

> 等他醉醺醺地沉睡时，或者狂怒时，
> 或者在床上乱伦淫乐时……

魔法站到了他那边，魔法已经说得很清楚了，并且下达了

---

① 他不懂这个故事，但这个故事依然很棒，很棒。

命令。他退到外屋。“等他醉醺醺地沉睡时……”割肉的刀子就在火炉旁边的地上放着。他捡了起来，踮着脚尖到了里屋门口。“等他醉醺醺地沉睡时，醉醺醺地沉睡时……”他蹿过去捅了一刀——哦，血！——又是一刀，却发现手腕被人抓住、攥紧了——哦，哦！又被扭了一下。他动不了了，被逮住了，是蒲伯那对黑色的小眼睛，离得很近，正盯着他。他把头扭向一旁。蒲伯的胳膊上出现了两道口子。“哦，看啊，都流血了！”琳达大声喊道。“看，都流血了！”蒲伯举起另外一只手——他想这是要抽他了。他挺直身体等着。但那只手只是扭住了他的下巴，把他的脸拧了过来，这样他就又得看着蒲伯的眼睛了。过了好久，好像过了好几个小时。突然——他撑不住了——开始哭。蒲伯放声大笑。“走吧。”蒲伯用另外一种印第安语说，“走吧，我的小英雄亚希羽塔。”他跑到另外一间屋子里，偷偷哭泣。

老马萨瓦用印第安语说：“你 15 岁了。现在我或许可以教你用黏土做模型了。”

他们蹲在河边，一起忙活开了。

“首先，”老马萨瓦说着双手捧起一把湿乎乎的黏土，“我们来做一个小月亮。”老人把黏土放进一个圆盘，压实，把周围卷上来点儿，月亮就变成了一只浅杯。

他模仿着老人的优美姿势，动作缓慢，笨拙。

“做了月亮，做了杯子，现在我们来做蛇。”马萨瓦拿起另外一块黏土，慢慢搓成一个又长又软的圆柱体，围成一个圈，搭在杯子边上。“然后再做一条蛇。再做一条。再做一条。”马萨瓦一圈圈地造出罐子的侧面，底下细，中间粗，颈部又变细。马萨瓦连压带拍，敲几下，又刮几下；最后，罐子立起来了，样子就跟马佩斯人用的那种水罐差不多，但表面不是黑色，是乳白色的，摸上去还软软的。他的罐子也做好了，却歪七扭八的，跟老马萨瓦那个比差远了。两个罐子摆在一起，他看着笑了。

“但下一个就没这么差了。”说着就开始在另外一块黏土上泼水。

制作，塑形，感觉手指上有了劲，技巧也有了——这让他获得了一种不同寻常的快乐。“A，B，C，维他命D。”他一边做一边唱歌，“脂肪在肝脏里，鳕鱼在海里。”老马萨瓦也唱——唱的是一首杀熊的歌。他们做了一整天，专心做事的这一整天，他一直都是很快乐的。

“明年冬天，”老马萨瓦说，“我教你做弓。”

他在屋外站了好久，屋里的仪式终于完了。门开了，他们出来了。先出来的是卡斯鲁，就见他右手伸着，拳头攥得紧紧的，好像拿着什么珍宝。后面是奇拉吉美，也那么攥着拳头，伸着手。他们安静地走着，后面同样安静地走着的，是兄弟姐妹、堂兄堂妹以及所有的老人。

他们出了村子，走过了那座平顶山。到了悬崖边上，他们停下了，面对着初升的太阳。卡斯鲁张开了那只手。手掌上是一撮白色的玉米粉，他在上面吹了口气，念叨了几句，然后朝着太阳的方向撒去。奇拉吉美也是这么做的。然后，奇拉吉美的父亲走上前去，举着一根祈祷用的羽毛棍子，做了一次长长的祈祷，然后把棍子朝着玉米粉洒落的方向扔了出去。

“完了。”老马萨瓦大声说道，“他们结完婚了。”

等他们转身走后，琳达说：“我只想说本来挺简单的事却搞得这么复杂。在文明国家，小伙子想和姑娘好，只需……约翰，你要去哪里？”

他没有搭理她，只是一个劲儿地跑，跑，跑，想找个没人的地方自己待一会儿。

完了。老马萨瓦的话在他的脑袋里回响着。完了，完了……他爱奇拉吉美，默默地爱着她，远远地爱着她，但他的爱是狂热的、强烈的，也是绝望的。如今一切都结束了。那一年，他16岁。

月圆时分，在羚羊会堂，人们吐露秘密，扼杀秘密，孕育秘密。男孩子们下到会堂，出来时就成了男人。男孩子们又怕又不耐烦。这天终于到了。太阳落下去了，月亮升起来了。他跟别的孩子一起去了。男人们，黑压压的一群，站在会堂门口；梯子放下来了，插入了散发着红光的地下。领头的几个孩子早就开始朝下爬了。突然，一个男人从人群中走了出来，一把抓住他的胳膊，把他从队伍里拽了出来。他挣脱了，重新回到队伍中自己原来的位置上。这次，那男人开始打他，还扯他的头发。“滚开，白毛！”“母狗的儿子赶紧滚蛋！”另外一个男人骂道。男孩子们哄堂大笑。“滚蛋！”他还在人群边上晃荡，不肯离去。“滚蛋！”男人们也喊开了。有个人从地上捡起一块石头，朝他打过去。“滚蛋，滚蛋，滚蛋！”如雨般的石头朝着他砸过去了。他被打破了，慌忙跑入黑暗中。会堂泛着红光，有人在唱歌。最后一个孩子也顺着梯子爬下去了。现在就剩下他一个人了。

他一个人去了村外，爬上平顶山光秃秃的平地。在月光的映照下，一块块的石头就好像一块块的骨头。下面的山谷中，郊狼在对着月亮号叫。伤口很痛，还在流血；他啜泣，并不是因为他痛；他啜泣，是因为他孤独，被赶到了这个只有石头和月亮的骷髅世界中。在悬崖边上，他坐下来。月亮在他身后，他看着下面平顶山的暗影，注视着死亡的阴影。他只需向前跨出一步，只需轻轻一跳……他朝月亮伸出右手。手腕上的伤口还在流血。每隔几秒钟都会有一滴血落下来，黑色的血滴，在死一般的月光下，却几乎看不到颜色。滴，滴，滴。明天，明天，明天……

他发现了时间、死亡和上帝。

“孤独，孤独永远伴着我。”小伙子说。

伯纳德听了这话很伤心。“孤独，孤独……我也一样，”他深信不疑地说道，“很孤独。”

“是吗？”约翰显得很吃惊。“我还以为在‘那个地方’……我的意思是，琳达总说，在那里，没有一个人是孤独的。”

伯纳德的脸红了，显得有些不安。“知道吗，”他咕哝道，眼睛不去看小伙子，“我觉得我和大部分人不同。一个人，倘若在换瓶时有些不一样的地方……”

“没错，你说得对。”小伙子点了点头。“一个人跟别人不同，就注定是孤独的。他们粗暴地对待我。知道吗，他们做什么事都不要我。别的孩子被打发到山里过夜——知道吗，那正是你梦到你的神兽是什么的那个年纪——他们不让我跟去，什么秘密也不对我说。虽然我最后一个人去了，”他补充道，“5

天什么都没吃，然后，一天夜里，我一个人到了那边的山里。”他指着那边的山说。

伯纳德露出了几分优越感，笑道：“那你梦到什么东西了吗？”

对方点点头。“但我决不会告诉你。”他沉默了一会儿，然后压低声音说，“有一回，我做了一件没人做过的事：夏天正午时分，我站在一块石头上，两只胳膊伸着，就像十字架上的耶稣那样。”

“你这是干吗？”

“我想知道被钉上十字架的感觉，在太阳底下被吊在那里……”

“你为什么要这么做？”

“为什么？这个……”他犹豫了一会儿。“因为我觉得我应该这么做。如果耶稣能忍受。还有，如果一个人做错了什么事……还有，我不快乐，这又是一个原因。”

“这个治愈痛苦的办法听来有些好笑。”伯纳德说道。但他随即又想了想，觉得这么做还是有几分道理的。比吃苏摩好……

“我一会儿就晕了，”小伙子说，“脑袋冲下摔倒了。看到这个疤了没？”他撩起盖在额头上的浓密的黄发。右边的太阳穴上，伤疤还在，皱皱巴巴的，但颜色已经变浅了。

伯纳德看了一会儿，身体轻微抖动了一下，赶紧把头扭向别的地方，不看了。他被设定的条件，让他感到更多的是一种极度恶心，而不是怜悯。人家一提疾病或者伤口这种事，他不但会感到恐惧，更会感到厌恶和极度恶心。就像排泄物，就像畸形的器官，就像衰老。他慌忙换了个话题。

“我想知道你愿意同我们一起回伦敦吗？”他问。自从在那间小屋里，他知道了这个野蛮人小伙子的“父亲”是谁，就开始精心设计一个计划,他这么问便是施行这个计划的第一步。“你愿意吗？”

小伙子的脸上突然显出快活的神采。“你说的是真的吗？”

“当然是真的啦，如果能得到准许的话，就这样。”

“琳达也能去吗？”

“这个……”他拿不定主意，犹豫了一会儿。那个恶心的丑女人！不行，不可能带她一起回去。除非，除非……伯纳德突然想到，说不定她的极度丑陋是一个大大的有利条件。“当然可以去啦！”他大声说道。他的声音好吵，表现出了过分的热情与友好，算是对刚才犹豫不决的一种补偿。

小伙子深吸了一口气。“想到这件事就要成了——这是我一辈子的梦想。你还记得米兰达的话吗？”

“米兰达是谁？”

但小伙子显然没听到伯纳德的问题。“哦，太神奇啦！”他喊道，他的眼在放光，他的脸红了，绽放着光彩。“这里有多少善良的人啊！人类好美啊！”脸上的红晕突然变深了，他想起了列宁娜,想起了她那深绿色的粘胶裙子,想起了她的妆容,浑身散发出的年轻光彩,想起了她那丰满的身材和善意的微笑。他的声音颤抖了。“哦，美丽新世界。”他说，然后突然打断了自己，脸上的血褪去了，脸色变得像纸那样苍白。“你和她结婚了吗？”他问。

“我什么？”

“结婚。知道吗——永远。他们用印第安语说‘永远’，两个人就永远不会分开。”

“哦，福特，没有！”伯纳德忍不住笑了。

约翰也笑了，却是因为别的——因为纯粹的快乐而笑。

“哦，美丽新世界。”他又说了一遍，“哦，美丽新世界里竟有这样的人。我们现在就出发。”

“你有时候说起话来可真怪。”伯纳德用困惑又惊讶的目光注视着约翰说，“等你看到真正的新世界再说，好不好？”

第九章

离奇又恐怖的一天结束了，列宁娜觉得自己终于可以享受一个完整而纯粹的假期了。他们一回到旅馆，她就吞下 6 个半克的苏摩片，躺在床上，还不到 10 分钟就进入了永远的梦乡。等她醒过来，至少是 18 个小时以后的事了。

伯纳德睡不着，躺在床上，在黑暗中睁大了眼睛深思。半夜早就过了，他才睡着；半夜早就过了，但他的失眠不是无果的；他琢磨出了一个计划。

次日上午 10 点，穿绿制服、有八分之一黑人血统的驾驶员准时下了直升机。伯纳德在龙舌兰丛中等他。

“克劳小姐去度‘苏摩假’了，”他解释道，“恐怕 5 点前回不来。我们有 7 个小时的空闲时间。”

他打算飞到圣菲，把该做的事做完，再回到马佩斯，那时她离醒还早着呢。

“她一个人在这里足够安全吧？”

“安全得很，就像直升机一样。”混血黑人驾驶员让他放心。

他们上了飞机，立即出发。10: 34，他们在圣菲邮政大楼楼顶着陆；10: 37，伯纳德已经接通了世界领袖在怀特霍尔的办公室；10: 39，他已经在跟我主福特的第 4 私人秘书通话了；10: 44，他在跟第一秘书重述他的事；10: 47，响彻他耳畔的，已经是穆斯塔法·蒙德那深沉而洪亮的声音了。

“我斗胆地想，”伯纳德结结巴巴地说道，“这件事或许能够引起我主阁下足够多的科学兴趣……”

“是的，我的确发现这件事能够引起足够多的科学兴趣，”那个深沉的声音说，“你把那两个人带回伦敦吧。”

“我主阁下需明示，我需要一个特殊的许可……”

“特殊命令，”穆斯塔法说，“此刻正下达给居留地主管。你马上赶到主管办公室。祝你上午过得快乐，马克思先生。”

没声了。伯纳德挂断电话，匆匆上到楼顶。

“去主管办公室。”他对穿绿制服的混血黑人伽马说道。

10: 54，伯纳德就已经在跟主管握手了。

“真高兴，马克思先生，真高兴。”他那轰轰响的声音中透着一种尊敬，“我们刚刚接到特殊命令……”

“这我都知道了，”伯纳德打断了他的话，“刚才我和我主阁下通过电话了。”他的声音中透着不耐烦，就好像这周他每天都要和我主阁下通电话一样。他一屁股坐在椅子上。“如果你愿意尽快照办的话。尽快。”他又强调道。他已是飘飘然了。

11: 03，他就已经把所需的文件都装在口袋里了。

“再见了。”他用一种居高临下的口气对送他到电梯口的主管说，“再见了。”

他走到旅馆，洗了个澡，用真空振动按摩仪按摩了一会儿，又用电解剃须刀刮了胡子，听了会儿上午的新闻，看了半个小时的电视，悠闲地吃了午饭，两点半就跟混血黑人驾驶员返回了马佩斯。

小伙子在旅馆外面站着。

“伯纳德！”他喊道，“伯纳德！”没人回答。

他穿着鹿皮短靴，悄无声息地跑上台阶，推了推门。门锁着。

他们走啦！走啦！这是他碰到过的最糟糕的事。昨天，她还叫他过来看他们呢，可现在他们就不辞而别了。他蹲坐在台阶上，哭了。

过了半个小时，他这才想起来朝窗户里面看。最先映入眼帘的是一个绿箱子，盖子上印着 L.C. 这两个首写字母。快乐像烈焰一般在他的身体里燃烧起来。他捡起一块石头。打碎的玻璃叮当一声落在地上。片刻之后，他就到了屋内。他打开那个绿箱子，列宁娜的香水味瞬间钻入他的鼻孔，她的体香充满了他的肺。他的心狂跳，一时间几乎昏厥过去。然后，他俯下身体，看着那个宝贝箱子，摸它，把它拎起来，仔细查看它。刚开始的时候，他怎么也搞不懂列宁娜那条备用的粘胶棉绒内裤的拉链，后来得了要领，一阵狂喜。拉一下，再拉一下，再拉一下，又是一下，总算拉开了，他心醉神迷了。他从来没有见过比她那双绿拖鞋更漂亮的东西。他翻开一套带拉链的女式连裤紧身内衣，脸顿时红了，慌忙放到一旁，却拿起一条洒了香水的醋酸手帕吻了吻，又把一条围巾围在自己的脖子上。他打开一个小盒子，却弄出来一团香粉。他的手上都沾满了这种面粉状的东西。他在胸脯上、肩膀上和裸露的胳膊上擦着。好香啊！他闭上双眼，用脸颊蹭自己那两条擦了粉的胳膊。脸触碰到顺滑的皮肤上面，鼻孔里浸满了麝味粉香——她真实的模样。“列宁娜，”他低声说，“列宁娜！”

有什么东西响了一下，吓了他一跳，像做了错事似的赶紧转身。他像做贼一样把赃物塞进箱子里，盖上盖子，侧耳静听。没有动静。可他刚才明明听到什么东西响了一下——就像一声叹息，就像木板嘎吱了一下。他踮着脚走到门边，小心推开，发现自己面前出现了一个宽阔的楼梯平台。平台对面还有一扇门，半开着。他走了过去，轻轻推了一下，朝里面偷看。

列宁娜正睡在一张矮床上，被单朝后掀开着，身上穿着一件粉红色的连体内衣，睡得正甜，留着卷发的她看起来是那么美，脚趾是那么粉嫩，睡梦中的那张脸是那么沉静，就像个孩子，让人心疼。她的手无力地放着，胳膊是那么绵软，看上去是那么无助，泪水不禁涌入他的眼眶。

他这么小心，其实完全没有必要——她吃了那么多的苏摩，除非是打枪那么响的声音，不然不到时候她是醒不了的——他进了屋，在床边的地板上跪了下去。他凝视着，他的两只手紧紧抓在一起，他的嘴唇颤抖着。“她的眼睛。”他喃喃道。

她的眼睛，她的头发，她的面颊，她的声音；
都让你说了个遍，哦！她的手，
所有的白跟它比起来都成了墨一般的黑，
那些黑就蘸着墨写笑话人家的言语吧；
握一下，是那么绵软，

小天鹅的毛跟它比也显得粗糙了……

一只苍蝇嗡嗡地围着她乱转，被他一挥手赶跑了。“苍蝇。”他又想起来了：

苍蝇落在亲爱的朱丽叶那只白得出奇的手上，
或许也能从她的娇唇上偷走永恒的祝福，
而她，纯洁如处子的她，
也会娇羞地脸红，就好像觉得它们的亲吻是一种罪一样。

他慢慢地伸出一只手，想往前走，却又没有那么大的胆量，犹豫着，迟疑着，就像要去抚摸一只害羞却又可能非常危险的鸟。手悬着，颤抖着，离那些纤细的手指不到一英寸了，就要触摸到了。他敢吗？敢用他那只臭手亵渎……不，他不敢。这只鸟太危险了。他的手缩了回来。她好美啊！好美。

然后，他突然发现自己在想，只需捏住她脖子上的那个拉链，使劲向下一拉，就……他闭上双眼，不停摇头，就像一条狗刚从水里上来，正在甩耳朵。竟敢这么想，真讨厌！他觉得自己很不要脸。纯洁如处子娇羞地脸红……

空气中传来一阵嗡嗡声。又有一只苍蝇来偷永恒的祝福吗？是胡蜂吗？他看了看，什么也没看见。嗡嗡声越来越大，悬浮在百叶窗的外头。是飞机！他慌了，赶紧站起来，跑进另外一间屋子，跳出那扇开着的窗户，匆匆走上高高的龙舌兰丛中那条小路，刚好撞见了从直升机上下来的伯纳德·马克思。

第十章

布鲁姆斯伯里培育中心，4000个房间里的4000个电子钟表的指针指向的都是2: 47。“工业蜂巢”[①]正嗡嗡地忙碌着。每个人都在忙，一切都在井然有序地运转。显微镜下，精子疯狂地甩动着长长的尾巴，奋力朝卵子里钻；受精的卵子正在膨胀、裂变；波卡诺夫斯基化了的那些，则在长芽，裂变成无数的独立胚胎。电梯轰轰响着从社会命运设定室下到地下室，在那里，在暗红色的黑暗中，胚胎躺在热乎乎的腹膜垫上，贪婪地喝着代血剂和荷尔蒙，在不断生长，有的中了毒被弃掉了的，最后只好长成身材矮小的伊普西龙。移动着的胚胎架子发出微弱的嗡嗡声和咯咯声，不知不觉地向前攀爬，穿越数周，乃至数千年，抵达了换瓶室。在那里，新出瓶的婴儿发出了生命中第一次惊恐的尖叫。

---

① 主任喜欢这么叫。

发电机在下层地下室轰轰响着，电梯急匆匆地上下运动着。共计 11 层楼的保育室，进食时间到了。1800 个标明了身份的婴儿，同时从 1800 个瓶子里吮吸每人那一瓶已施行了巴氏消毒的外分泌液。

他们上面，一连 10 层的宿舍里，男婴女婴们都还小，下午还要睡一觉，却也在像别人那样忙活；虽说还不谙人事，却也在无意识地听卫生睡眠教育课、社会稳定睡眠教育课、阶级意识睡眠教育课以及幼儿爱情睡眠教育课。再往上是游戏室，此时天气变了，下起了雨，900 个年纪稍大些的孩子正在玩砖头、用黏土做陶器、找拖鞋、玩性爱游戏。

嗡，嗡！蜂巢嗡嗡响着，孩子们快活地玩着、闹着。姑娘们一边倒弄试管一边唱着快乐的歌，命运预定中心的工作人员一边忙活一边吹口哨。换瓶室里，人们一边倒换瓶子一边放肆地开着玩笑。可是当主任和亨利·福斯特走进受精室时，脸上却一本正经，严肃得都僵住了。

主任说道："他都成了这屋里的典型了，因为这屋里的高级工人比别的屋子都要多。我告诉过他，让他两点半在这里等我。"

"他干得很不错。"亨利假装大方地插了一句。

"这我知道。干得越不错才越要严格要求。他能力出众，也应该承担相应的道德责任啊。一个人天赋越高，带头走歧路的能量就越大。一个人吃点苦头总比大家一起堕落好。排除一切偏见，好好想想这件事，福斯特先生，你就会发现再没有比不守规矩更令人发指的罪行了。谋杀只能杀死个体——对了，什么叫个体？”他做了手势，好像在扫什么东西，指了指那一排排显微镜、试管和孵化器。“我们不费吹灰之力就能制造出一个新的个体——想造多少就造多少。不守规矩威胁的不单是个体的生命，更对社会有害。没错，是对社会本身有害，”他重复道，“啊，这不，他来了。”

伯纳德进来了，在成排的孵化器中间正朝着他们走去。表面看似轻松、愉快又自信，其实都是装的，难以遮掩内心的紧张。他说“上午好，主任”时，说得太大声了，让人听了可笑。后来，他改正了错误，说的那句“你让我到这里来和你说话”又说得太软了，声音也太尖了，听了也让人发笑。

“是的，马克思先生，”主任自命不凡地说，“我的确让你到这里来找我。我知道你昨天晚上刚刚度假回来。”

“是的。”伯纳德答道。

“是——是——的。”主任重复道，故意拉长“S”这个字母的音，咝咝了那么几声，就像大蛇那样叫唤了一会儿。然后突然提高嗓音，说道：“女士们，先生们，”他的声音倒是很响，就像吹喇叭一样，“女士们，先生们。”

姑娘们刚才还在一边鼓捣试管一边唱歌，鼓捣显微镜的那些人刚才还在一边做事一边吹口哨，但此刻这些声音都突然停止了。一阵深深的沉默，每个人都在朝四周看。

“女士们，先生们。”主任又重复了一遍，“请原谅我如此唐突地打断你们的工作。责任让我不得不这么做，不做的话，我会很痛苦。社会的安全与稳定正处于危险之中。的确正处于危险之中，女士们，先生们。这个人，”他指着伯纳德用一种责备的口气说道，“这个站在你们跟前的人，这个得了那么多好处的阿尔法加，这个理应相应地付出那么多的阿尔法加，你们的这位同事——也许我应该说你们的这位旧同事，对不对？——用一种极其恶劣的手段辜负了组织对他的信任。他对体育运动和苏摩持异端看法，他在性生活方面不守规矩，搞出了很多丑闻，他拒绝遵循我主福特的教诲，工作时间之外的所作所为‘像个瓶装男婴’”[①]“种种恶行已经证明，他是社会的敌人，是一切秩序和稳定的破坏者，女士们，先生们，是反文明的阴谋家。因此，我提议开除他，撸掉他在本中心的职位，他让本中心蒙受了极大的耻辱；另外，我会立即把他调到一个最低级的副中心，为了使他受到的惩罚对社会最有利，我会尽量把他安排到人口最少的偏远地区，那些人口众多、地位重要的中心他想都别想！让他去冰岛吧，那地方人少，没多少机会带头干坏事。”主任停顿片刻，抱着双臂，转身面对伯纳德，用一种危险的口气说：“马克思，对于我此刻对你执行的判决，你能提出什么反对的理由吗？”

“能，我能。”伯纳德大声回答道。

主任有些吃惊，却依然保持着威严的派头，说道：“那就说说看。”

“没问题。不过我的理由在楼道里。稍等片刻。”伯纳德说完匆匆到了门口，猛地把门推开。“进来吧。”他命令道，

① 主任说到这画了一个 T 字。

理由进来了，现身了。

大家倒吸一口冷气，惊恐地咕哝着，有个姑娘，还年轻，尖叫了一声，站到椅子上，看看到底是谁把满满的两试管精子弄翻了。在那些紧实而年轻的肉体中，在那些扭曲变形的脸的海洋中，进来了一个怪异又吓人的中年怪物，正是身材臃肿、松垮的琳达。她进了屋，卖弄风情地笑着，那是一种强装的没有神采的笑。一边走一边滚，她太胖了，屁股、腰身和大腿是那么肥硕，俨然一大块肉在动，每动一下，浑身都要起几层波浪。伯纳德在她旁边走着。

他指着主任说道："这就是他。"

"你觉得我认不出他来了吗？"琳达气呼呼地说道，然后转向主任，"我当然认识你啦，托马金，不管在什么地方，我都认识你，把你放人群中，我也能一眼认出你。也许你早就把我忘了。你不记得了吗？托马金，难道你不记得了吗？我是你的琳达。"她站在那里，看着他，头向一旁歪着，还在笑，那是一种逐渐递进的笑，不过当她看到主任那惊呆又充满了厌恶的表情时，她的笑就慢慢地变得不那么自信了，变得犹豫了，并最终消失了。"你想不起来吗，托马金？"她用颤抖的声音又问了他一遍。她的目光中露出了焦虑和痛苦。那张长满红斑、松松垮垮的脸怪异地扭动着，做出了一个极度悲伤的怪相。"托马金！"她伸出两只胳膊。有人开始窃笑。

主任说道："这是怎么回事？这个丑八怪……"

"托马金！"她跑上前去，肩膀上的毯子拖在身后，用两只胳膊搂住他的脖子，把脸埋在他的胸前。

大家再也控制不住了，哄堂大笑。

“……真是天大的玩笑，荒唐至极。”主任喊道。

他的脸红了，她紧紧搂着他的脖子，他想挣脱。她用尽全力搂着，不肯撒手。“我是琳达，我是琳达。”笑声淹没了她的声音。“你让我生了一个孩子。”她尖叫着，想盖过如雷的哄笑。突然安静了下来，那种安静让人恐惧，大家的目光在不安地游移着，不知道该看什么。主任的脸色突然变得苍白，放弃了挣扎，站在那里，两只手抓着她的腕子，惊恐地盯着她。“是的，生了一个孩子——我就是那孩子的母亲。”她把这个淫秽的词奋力扔向受了冒犯的寂静中，就好像要挑战什么似的。然后突然撒手，离开他的身体，两只手捂住脸，默默地啜泣。“这不是我的错，托马金。我一直在做避孕操，不是吗？不是吗？总在……我不知道是怎么搞的……你知道这有多糟糕，托马金……可不管怎么说，他是我的安慰。”她扭过头，朝门口喊了一声：“约翰！约翰！”

约翰马上就进来了，进门后，略微迟疑片刻，朝四周看了看，然后踩着他那双柔软的鹿皮短靴，大步走过屋子中间，双膝落地跪在主任面前，用一种很清晰的声音叫道：“我的父亲！”

这个词[①]，这个粗俗并富有喜剧色彩的词，缓解了刚才令人无法忍受的紧张气氛。大家又笑了，笑得很大声，几乎是那

① 因为“父亲”这个词的意义，和讨厌的、违背道德的生孩子之间还是隔着那么一段距离的——只是有些粗俗，却并不下流、淫秽。

种歇斯底里的笑，笑了一阵又一阵，好像永远也不会停下来。我的父亲——正是主任！我的父亲！哦，福特，哦，福特！真是太不可思议了吧。大家又喊又笑，刚停下又开始，一张张脸即将散架，眼泪哗哗流下来。又有6个装满精子的试管倒掉了。我的父亲！哈！哈！哈！

面色苍白的主任瞪大了眼睛，眼里喷着火，痛苦、迷茫又屈辱地朝周围看着。

我的父亲！已经显露出平息迹象的哄笑，此时又起来了，并且声音比刚才更大。他用两只手紧紧捂着耳朵，从屋子里跑了出去。

第十一章

受精室风波过后，整个伦敦的上等人都疯了似的想看看那个在培育所与条件设定中心主任[①]面前下跪的可爱的小伙子——那个突然跪下叫他“我的父亲”的小伙子。琳达的情况则完全相反，没有掀起任何波澜，没人愿意见她。说某人是位母亲——这不单单是玩笑话了，而是一种淫荡下流的恶行。何况，她又不是什么真的野蛮人，也是从瓶子里孵化出来的，设定的条件也和别人一样，因此不会有什么真正的奇怪的思想。最后——这也是人们不愿看到可怜的琳达的最主要的一个理由——她长得太难看了。太肥了，又老了，牙都坏了，皮肤又长着那么多的红斑，还有那个身材[②]——看了就让人恶心，没错，

① 说“前任主任”更恰当一些，因为这个可怜的家伙事后马上就辞职了，再也没有踏进中心一步。

② 哦，福特！

看了就想吐。因此，上等人铁了心不见琳达。琳达呢，也不想见他们。对她来说，回归文明就是回归苏摩，就是有可能躺在床上接连度假，头再也不会痛了，也不会呕吐了，再也没有吃了仙人掌以后的那种丢人的感觉了，那种滋味可真难受，就好像做了什么反社会的丢脸的事，这辈子再也抬不起头来了。吃苏摩就不会这样，不会有任何的不良后果。度“苏摩假”爽死了，即便次日上午会觉得有些不舒服，那也是和度假的快乐相比较而言的，其实根本就没那么糟糕。吃药的时候，每天都像在度假。她贪婪地叫嚷着，要更多的药吃，甚至增加服用的次数。萧医生起初还有所顾虑，后来索性就不管了，她想吃多少就给她多少。她每天服用苏摩的剂量达到了 20 克之多。

萧医生偷偷对伯纳德说：“这样下去，一两个月她就完蛋了，整个呼吸系统都会坏死。没法呼吸了。完蛋了。这也不失为一件好事。能返老还童当然好了，但问题是我们目前还没有这个能力。”

大家万万没有想到[①]，提出反对意见的竟是约翰。

“你给她吃这么多的药，不是在缩短她的寿命吗？”

“从某种意义上讲是这样的，”萧医生也承认，“可是，从另外一种意义上说，我们是在延长她的寿命。”小伙子大吃一惊，被搞得一头雾水。“从时间上讲，苏摩也许会让一个人缩减几年寿命，”萧医生继续说道，“不过，请想一想它在时

---

① 琳达在度“苏摩假”，不会妨碍大家思考。

间之外给予你的那种永恒吧。每一个‘苏摩假期’都是我们的祖先过去常说的永恒的一个微小部分。”

约翰开始懂了。“永恒在我们的嘴上和眼睛里。”他咕哝道。

“你说什么？”

“没说什么。”

萧医生接着说道：“当然了，如果一个人还有重要的工作要做，你就不能让他在睡梦中进入永恒。可她又没有什么重要的工作……”

约翰坚持道：“可我还是觉得这么做有欠妥当。”

医生耸了耸肩膀。“那好吧，当然啦，如果你更愿意看她整天疯了似的尖叫的话……”

约翰最终让步了。琳达继续吃苏摩。从那时起，她就一直被圈养在伯纳德住的那栋公寓楼 37 层的一个小房间里，整天在床上躺着，收音机和电视机一直开着，藿香龙头一直滴着香液，苏摩片放在伸手就能够着的地方——就在那里躺着，却又根本不在那里。时间在流逝，在永远流逝，她永远在度假；她在另外一个世界度假，在那里，收音机里传来的音乐声响亮而圆润，就像一座迷宫，一座不停向下滑的颤抖着的迷宫，通向的是[①]一个纯粹信念的闪亮的中心；在那里，电视机里头跳动的画面是一部美得难以描述的歌舞感官片中的表演者；在那里，龙头中滴出的麝香液已不单单是香水——而是太阳，是 100 万个性

① 中间要经过好多处漂亮的、不可避免的转弯。

爱萨克斯，是做爱的蒲伯，酣畅淋漓，美妙无比，永远也停不下来。

“是的，我们不能让一个人返老还童。但我非常高兴，”萧医生最后说，“能有这个机会亲见一个人类衰老的样本。万分感谢你把我叫来。”他热情地握了握伯纳德的手。

然后，他们关注的就都是约翰了。只有通过公认的约翰的监护人伯纳德，人们才能和他见面，而伯纳德有生第一次发现自己不但被当作正常人看待了，更变成了一个重要的人物。人们再也不提当初他的代血剂里掺了酒精那件事了，再也不嘲笑他的长相了。亨利·福斯特自动地奉上友好，贝尼托·胡佛送给他 6 盒性爱荷尔蒙口香糖当作礼物；命运预定中心主任助理慌忙跑过来，奴性十足地恳求伯纳德让他去参加他的某个晚间派对。至于女人，伯纳德只需做出一个小小的邀请暗示，想要哪个就要哪个。

范妮得意扬扬地宣告：“伯纳德让我下周三同那个野蛮人见面。”

列宁娜说道：“我真替你高兴。这下你得承认看伯纳德看走眼了吧。他真的很讨人喜欢，对不对？”

范妮点点头。“我觉得，”她说，“我好高兴，好吃惊。”

装瓶室主任、命运预定中心主任、受精室主任的 3 位助理、情感工程学院感官片教授、西敏寺社会歌剧院院长、波卡诺夫斯基程序中心总监——伯纳德贵宾名单上的大人物数都数不完。

他偷偷对亥姆霍兹·沃森说：“上周我到手了 6 个姑娘。周一 1 个，周二 2 个，周五又是 2 个，周六 1 个。我要是有空或者想的话，至少还能到手 12 个，那些姑娘巴不得……”

亥姆霍兹听着他吹牛，阴沉着脸，露出一副厌恶的表情，什么也没说，搞得伯纳德很难受。

“你妒忌我。”他说。

亥姆霍兹摇摇头，说道：“我很伤心，如此而已。”

伯纳德气鼓鼓地走了。他对自己说这辈子再也不搭理亥姆霍兹了。

一晃数天过去了。成功就像一瓶上好的掺杂了酒精的饮料，嗞嗞响着进入了伯纳德的脑袋，让他在这个过程中与他此前觉得很不满意的那个世界完全和解了。只要社会承认他是个重要人物，秩序就是好的。

不过，虽说成功让他和这个世界和解了，但他并不愿意放弃批评这种秩序的特权。因为他越是批评现有的秩序，就越觉得自己了不起，越觉得自己伟大。还有，他的确觉得有些东西是需要批评的。①

如今，有些人为了能见野蛮人一面，不得不向他大献殷勤，伯纳德在这些人面前总是表现出一副抱怨、不守规矩的模样。他说话时，人们洗耳恭听。可等他一转身，人们就在他背后直摇头。

“等着瞧吧，那个小伙子的结局好不了。”他们说道，并且更加有把握地预言，这样的一个坏结局到时候他们是能够亲

---

① 与此同时，他也真的想做个成功人士，把想要的姑娘都弄到手。

眼见到的。“到时候他就找不到第二个野蛮人再救他一回了。”他们这样说。不过，有这第一个野蛮人在，他们还是蛮客气的。正因为他们客气，伯纳德才觉得自己的形象十分高大——高大的同时还有些轻飘飘的，比空气还要轻。

“比空气还要轻。”伯纳德指着头顶说。

气象局的探索气球高高飘在他们头顶的天空中，像一颗珍珠，在阳光的映照下散发着玫瑰色的光芒。

“让我上面说过的那个野蛮人，”伯纳德下了命令，“看看文明生活的每一个方面。”

他此刻就在鸟瞰文明生活，就在查令T字大楼楼顶鸟瞰文明生活。航天站站长和现任气象学家当向导，但大部分的话都是伯纳德说的。他兴奋得无法控制自己，那个派头，那个举动，就像是——至少就像是一位前来参观访问的世界领袖。比空气还要轻。

孟买来的绿色火箭从天上下来了。旅客们下了火箭。8个达罗毗多生子，长得一模一样，又都穿着卡其色的制服，正隔着座舱的8个舷窗朝外张望——原来是乘务员。

“时速1250公里。”站长用一种令人印象深刻的口气说道，“你觉得怎么样，野蛮人先生？”

约翰想了好一阵子，说道：“然而埃里厄尔40分钟就能绕地球一周。”

伯纳德在呈递给穆斯塔法·蒙德的报告中这样写道：“出乎意料的是，野蛮人对文明世界的发明几乎没有流露出任何吃惊或者敬畏的表情。毫无疑问，这部分是因为下面这个事实：

他已经听那个叫琳达的女人——他的母……说过这件事了。”[①]

“部分是因为他把注意力都集中到了他所谓的‘灵魂’上面，他将这种东西视为一种独立于肉体的存在；虽然我曾竭力向他指出……”

下面的几句主席根本没看，他刚想翻页找点更有意思的东西，目光却被一串很不寻常的句子吸引住了。“……虽然我不得不承认，”他读道，“我和野蛮人都认为文明社会的幼儿期太容易了，或者用他的话说不够昂贵，因此我想借此机会进言，望我主阁下能够关注一下……”

穆斯塔法·蒙德刚才还很生气，此时却几乎高兴了起来。这个家伙倒想一本正经地教训他了——没错，是“他”——说社会秩序的确太荒诞了。这家伙肯定是疯了。“我真该好好教训他一下。”他对自己说，然后头往后仰，大声笑起来。不管怎么说，现在还不是教训他的时候。

那是一家生产直升机照明设备的小厂，是电力设备公司的一个分公司。他们在楼顶受到了技术主管和人事经理的欢迎[②]。他们下楼梯进了工厂。

人事经理解释道：“每道工序尽量只由一个波卡诺夫斯基小组负责。”

---

① 穆斯塔法·蒙德一皱眉。“那个臭傻蛋是不是觉得我太敏感了，连看着这个词写完都受不了？”

② 因为那封供传阅的推荐信发挥了神奇的效果。

结果就是：83个几乎没有鼻子、圆头型、黑皮肤的德尔塔操控冷压机。56个鹰嘴、姜黄色皮肤的伽马操控56台4轴车床。107个经过耐热训练的塞内加尔伊普西龙在铸造车间工作。33个长脑袋、窄骨盆、沙土色皮肤、身高均在1.69米左右[①]的女德尔塔切割螺丝。在组装车间，两组伽马加侏儒正在组装发电机。两个低矮的工作台相对而立，载满了零部件的传送带在中间缓慢传送；47个金色的人脑袋和47个棕色的人脑袋彼此相对着。47个又短又翘的鼻子和47个鹰钩鼻子彼此相对；47个凹下巴又和47个凸下巴彼此相对。机器组装完毕，负责质检的是18个身穿绿制服、留卷发、赤褐色皮肤、长得一模一样的伽马姑娘，负责装箱的是34个短腿、左撇子的德尔塔减小伙子，把设备装到正在等着的卡车和货车上的是63个蓝眼睛、皮肤淡黄、满脸雀斑的伊普西龙半白痴。

“哦，美丽新世界……”在记忆中某种恶意的驱使下，野蛮人发现自己正在背诵米兰达的话。“哦，美丽新世界里竟有这样的人。”

“并且我向你保证，”他们离厂时人事经理最后说道，“我们的员工几乎不闹事。我们总发现……”

但野蛮人突然跑到一旁，在一丛月桂树后面剧烈呕吐起来，就好像这坚实的大地是一架直升机，刚才掉进了气旋中一样。

伯纳德写道：“野蛮人因为那个叫琳达的女人，也就是他

---

① 身高差都在20毫米之内。

的母——一直在度假，不愿服用苏摩，而且好像很悲伤。值得注意的是，虽然他的母——老了，长得又极其恶心，但野蛮人还是时常去看她，并且和她的关系好像很亲密——这个有趣的事例说明：早期的条件设定能够改变，甚至违抗自然本能[①]。”

他们在伊顿高等学校的楼顶着陆。操场正对面，52 层的勒普顿大楼在阳光的照射下散发着白色的亮光。他们左边是学院；右边，由钢筋混凝土和维他玻璃建造而成的社会歌剧院的楼群显得古老而庄严。楼群正中间矗立着我主福特那尊造型奇特的铬钢雕像。

他们一下飞机就受到了院长加夫尼博士和女校长基蒂小姐的亲切接见。

“你们这里有很多多生子吗？”他们开始视察时野蛮人担忧地问道。

“哦，不，”院长答道，“伊顿高等学院只招收上等男女学生。一个卵子，一个成年人。当然了，这增加了教学的难度。不过，考虑到将来他们要承担重任，处理意想不到的紧急情况，也就只能这样了。”他叹息道。

就在此时，伯纳德疯狂地迷恋上了基蒂小姐。“若你周一、周三，或者周五晚上有空的话。”他说，伸出大拇指，指指野蛮人，“他很怪异的，知道吧，”伯纳德补充道，“怪异而有趣。”

---

① 在这个事例中，就是躲避丑陋的东西的本能。

基蒂小姐笑了笑[①]，说了句谢谢，表示很愿意参加他的某个派对。院长推开了一扇门。

约翰在那间阿尔法双加教室里只待了5分钟就觉得有点迷惑了。

他小声对伯纳德说："初级相对论是什么？"伯纳德想跟他解释，转念一想，还是算了，于是提议去别的教室看看。

楼道里，通向贝塔减地理教室的那扇门后面，一个清脆响亮的女高音喊道："1，2，3，4，"然后又用一种不耐烦的口气说，"照做。"

"这是在上马尔萨斯避孕训练课，"女校长解释道，"当然啦，我们这里大部分的女生都是不孕女。我自己就是。"她冲着伯纳德笑了笑，"但我们还有约800个没有绝育的女生需要经常做这种练习。"

在贝塔减地理教室，约翰知道了"野蛮人居留地因为恶劣的气候、糟糕的地质条件，或者自然资源的匮乏，不值得进行文明开发。"咔嗒一声，教室里黑了，校长头上的屏幕里突然出现了阿科玛的罪人们俯卧在圣母面前地上的情景，约翰听到他们在哀号，在十字架上的耶稣和神鹰的彩像面前忏悔罪行。年轻的伊顿学生们又笑又喊，罪人们站起来了，却还在哀号，脱掉上衣，抄起打着结的鞭子，开始抽自己，一鞭子一鞭子地抽自己。笑声又大了一倍，甚至都把罪人们录制好又经过放大

---

① 他觉得她那么一笑真能迷死个人。

处理的呻吟声淹没了。

“他们为什么要笑？”野蛮人痛苦又困惑地问道。

“为什么？”院长扭过脸去看着他，笑得还是那么灿烂，“为什么？因为特别好笑啊。”

影片还在播放，伯纳德在黑暗中搞出了一个大胆的动作，换作以前，就算是漆黑一片，什么都看不到，他也不会这么大胆搞这种事。可是现在他成了大人物了，胆子也大了，他伸出一只胳膊搂住了女校长的腰。那柳腰动都没动，很顺从地任他搂着。他刚想趁此机会亲女校长一两下，或许还能摸上两把，摄影机的遮光器咔嗒一声又打开了。

“也许我们应该接着参观。”基蒂小姐说着走到了门口。

过了一会儿，就听院长说道：“这就是睡眠教育控制室了。”

数百个音乐盒子，每间寝室一个，井井有条地摆放在室内三面墙的架子上；紧贴着第四面墙摆放的是鸽笼式的分类架，上面摆放着原声纸卷，纸上印的都是各类睡眠教育课程。

伯纳德打断了加夫尼博士的话，解释道：“你让那个纸卷滑到这里，再按下这个开关……”

“不对，是那个。”院长生气地做了纠正。

“然后按那个，纸卷就打开了。硒光电池把光波转化成声波，然后……”

“然后你们就能听到那些声音了。”加夫尼博士为这个话题做了最后了断。

“他们读莎士比亚的吗？”在他们去生物化学实验室的路上，经过校图书馆的时候，野蛮人这样问道。

“当然不读啦。”校长红着脸说。

加夫尼博士说道：“我们的图书馆里只有参考书。若是年轻人想娱乐一下，去看感官片就好了。我们不鼓励他们搞一些自娱自乐的活动。”

5 辆公共汽车，载满了或唱或默默地看风景的少男少女，行驶在玻璃化的高速公路上，从他们身旁过去了。

这时候，伯纳德正跟女校长耳语，说那天晚上相约的事，就听加夫尼博士解释道：“这是刚从泥潭火葬场回来的。18 个月大的时候就开始设定死亡条件了。每个小孩每周两次去一家弥留者医院接受训练。最好的玩具都在那里呢，死的那天能吃上巧克力冰激凌。他们学着把死亡视作一件理所当然的事。”

“就跟别的心理过程一样。”女校长很专业地插嘴道。

8 点赶到萨瓦。一切都安排好了。

在回伦敦的路上，他们在布伦特福特电视公司的工厂里停下了。

“你在这里等我一会儿，我去打个电话，好吧？”伯纳德说。

野蛮人等着，看着。头班刚下班。成群的低等工人在单轨火车站前面排起了长队——七八百个伽马、德尔塔和伊普西龙男女，脸和身材的模样总共才十几种。他或者她把车票朝前一递，售票员就推过去一个小小的纸盒。像虫蚁一样的男男女女们，排着长队慢慢朝前挪动。

这时候，野蛮人想起了《威尼斯商人》里的某个情节，就问刚刚回来的伯纳德：“那些小盒子里装的是什么？”

“今天发的苏摩。”伯纳德含糊不清地答道，因为此时他正在嚼贝尼托·胡佛送给他的口香糖。“下班了才领。4个小药片，半克的那种。周六发6片。”

他亲切地拉起约翰的胳膊，俩人朝直升机走去了。

列宁娜唱着歌进了更衣室。

范妮说道：“你好像蛮高兴的嘛。”

“是啊。”她答道。嗞的一声，拉链拉开了。“伯纳德半小时前给我打电话啦。”嗞！嗞！她脱掉了内衣，“他今天突然有约。”嗞！“问我是否愿意带野蛮人去看感官电影。我得赶紧着。”说完就匆匆朝浴室去了。

范妮看着列宁娜的背影，心想：“这姑娘可真幸运。”

范妮性情温和，没有妒忌列宁娜，只是在说一个事实。列宁娜是幸运的，有幸和伯纳德尽情分享野蛮人的盛名，有幸以她微不足道的身份展示此刻至高无上的时髦的荣光。青年女子福特协会的秘书不是已经请她发表了一场关于个人经历的演讲吗？她不是已经受邀参加了爱神俱乐部的年度晚宴吗？她不是已经在感官电影新闻上露过脸了吗？——露脸了，也说话了，让全世界几十亿人都看到她了。

有些名人也关注她，一丝不少地向她谄媚。现任世界领袖的第二秘书曾邀请她共进晚餐、早餐。她曾跟我主福特的首席大法官共度周末，又和坎特伯雷歌剧院的首席社会男高音歌唱家过了一个周末。工业及外分泌公司的大老板老给她打电话，可她早跟欧洲银行的副行长去多维尔玩了。

“当然很美妙了。不过，在某种程度上，”她坦诚地对范妮说，“我总觉得我在欺骗人家。因为，当然了，他们最想知道的就是和野蛮人做爱是一种什么感觉。老实说，我并不知道。”她摇了摇头。“当然了，大部分的男人并不相信我。可我说的都是实情。我倒想不是呢。”她伤心地补充道，然后叹了口气，“他长得真帅，你不觉得吗？”

“可他喜欢你吗？”范妮问。

“有时候我觉得他喜欢我，有时候又觉得不喜欢我。他总在千方百计地躲着我，我一进屋他就走，也不碰我，甚至都不正眼看我。不过有时候，我突然转过身去，发现他正盯着我看呢；然后——唉，你知道男人们对你有意思是一种什么样的眼神。”

是的，范妮知道。

“我搞不懂他。”列宁娜说。

她搞不懂他，她不只困惑，还很伤心。

“因为，你知道吗，范妮，我喜欢他。”

越来越喜欢他。这不，真正的机会来了，她洗完澡，在身上喷香水的时候这样想着。啪，啪，啪——真正的机会来了。她兴奋了，忍不住唱起了一支歌。

亲爱的，抱着我，直到把我抱得失去知觉；
疯狂地亲吻我，直到我昏死过去：
亲爱的，抱着我，紧紧地抱着你的小兔子；
爱就像苏摩一样美妙。

喷香萨克斯正在吹奏一首欢快又别有韵致的芬芳随想

曲——不断泛起的琶音中混合着百里香、薰衣草、迷迭香、罗勒、桃金娘和龙蒿的香味；一系列大胆的变调从喷香的琴键中流出，汇聚出一种龙涎香的气味，悠扬的副歌旋律伴着檀香、樟脑、雪松和新收割的青草的气味[①]缓缓地流回到了乐曲开始之初的那种纯粹的香味上来。百里香的香气猛喷了那么一下就消散了，圆形观众席上的观众纷纷鼓掌叫好，灯亮了。合成音乐盒子中，原声带开始展开。是一首超级小提琴、超级大提琴和代双簧管的三重奏，乐曲柔和多情，让人愉悦，连空气中都充满了这种味道。演奏了三四十小节——然后，在器乐的映衬下，一个超人类的声音开始吟唱；时而洪亮，时而缥缈，时而空洞如笛声，时而唱起优美的旋律，这声音轻松自如地从盖斯帕德·福斯特那富于开创性、无人企及的低音，转为比技压群芳的女高音歌唱家卢克雷齐娅·阿乔加里曾经卖力地唱出的那个最高的高音C[②]还要高出一等的颤音。

列宁娜和野蛮人陷在充气座椅里，闻着，听着。现在该轮到眼睛和皮肤享受了。

影院里的灯关掉了，烈焰般的立体字凸出着，就好像在黑暗中自撑着一样。那些字是：直升机上的激情三周。一部超级歌舞、合成对话、彩色、三维立体感官片。喷香萨克斯同步伴奏。

---

① 偶尔轻微地演奏几个不和谐音，一股混着猪腰子布丁和最轻微的猪粪的气味就冒出来了。

② 1770 年在帕尔马公爵歌剧院唱出来的，莫扎特当时也震惊了。

“你要抓紧椅子扶手上的那些金属旋钮，”列宁娜小声说，“不然的话，就一点也感受不到感官片的效果了。”

野蛮人乖乖照做了。

就在这时候，那些烈焰般的字消失了；有 10 秒钟，整个影院内一片漆黑；然后，银幕上突然冒出两个立体人像，是两个搂抱在一起的人，一个是高大健壮的黑人，一个是金发、留圆头型的年轻女贝塔加，两人光彩照人，看起来比有血有肉的真人形象还要逼真丰满。

野蛮人一惊。他嘴唇上的那种感觉！他慌忙抬起一只手把嘴捂住，那种兴奋感随即消失；把手放回金属旋钮上，那种感觉又回来了。与此同时，喷香萨克斯正在喷射麝香的香气。一个原声带就像一只奄奄一息的超级鸽子那样开始“哦——哦”地叫起来；此时，一个每秒钟只振动 32 次、比非洲人的声音还要低沉的声音做出了回应：“啊——啊——啊。”“哦——啊！哦——啊！”两个立体嘴唇又吻在一起了，此时，阿尔罕布拉影院内 6000 位观众那一张张亢奋的脸，因为一种几乎无法抑制的触电般的快感都涨红了。“啊——啊——啊……”

影片情节极其简单。“哦——啊”了几分钟之后[①]，那个黑人坐着直升机就出事故了，脑袋冲下摔了下来。就听砰的一

---

① 在此期间，影片中播放了一首男女对唱歌曲，俩人在那张著名的熊皮上演了一会儿——命运预定中心主任助理说得一点不错——每一根毛发都能够被清晰地感受到。

声！一阵刺痛穿过额头，好痛！观众齐声“哦——啊”起来。

黑人脑袋受到震荡，先前设定的条件都失效了。他全心全意、疯狂地爱着这个金发贝塔，但人家不同意。他穷追不舍，死缠烂打。他和她吵架，追她，又狠狠地揍了一位情敌，最后实施了一次耸人听闻的绑架。这位金发贝塔被绑到半空，在那里待了3个星期，和疯狂的黑人上演了一场疯狂的反社会的热恋。最后，3个年轻帅气的阿尔法，历经一系列的冒险和空中杂技表演后把她救了。黑人被送往一家成人条件再设定中心，金发贝塔成了解救她的那3个小伙子的情妇，故事到这里就圆满结束了。几个人歇了一会儿，在一个完整的超级管弦乐团的伴奏下，在喷香萨克斯喷出的栀子花香味的浸染下，来了一首合成男女声四重唱。然后，那张熊皮最后露了一下脸，在性爱萨克斯吹奏出的狂暴音乐声中，最后的一个立体吻也慢慢地消失在了黑暗中，嘴唇上那种触电般的快感，就像一只将死的飞蛾，不停抖动着身体，越抖力气越小，越抖越轻微，最后彻底归于平静，消亡了。

但对列宁娜而言，那只飞蛾并没有立即死亡。灯早就亮起来了，他们跟着别人慢慢朝电梯口走去，可那只飞蛾的死魂灵仍在她的嘴唇上拍动着翅膀，仍在她的皮肤上循着那些充满了焦虑和兴奋的纹路朝前爬。她的脸红扑扑的，湿润的双眼闪着亮光，呼吸变得沉重了。她抓住野蛮人的胳膊，软弱无力地朝她身旁拽，让他搂着她。他低下头看了她一会儿，他的脸是苍白的，内心是痛苦的，又充满了欲望，他为自己有这样的欲望感到羞耻。他不配，不配……两人一时间四目相视。她的眼睛承诺给他的是多么令人心醉的珍宝！这珍宝就像赎金，有了它，就能和心目中的女王一同欢愉了。他不敢看她了，赶紧把头扭向一旁，把那条被她抓紧的胳膊拽了出来。他又困惑又恐惧，生怕她不再是他觉得自己配不上的那位姑娘。

“我觉得你不该看那种东西。”他不敢去想她了，慌忙把话题转移到了周围的环境上来，若是过去或者以后曾有或者会有减损她完美形象的东西，那也是因为这种环境。

“哪种东西，约翰？”

“这部恐怖影片这类东西。”

“恐怖？”列宁娜真的惊呆了，“我倒觉得蛮好看的。”

“太龌龊了。”他生气地说，“太低级了。”

她摇摇头。“我听不懂你在说什么。”他怎么这么怪？他怎么老是说一些让人扫兴的出格的话？

两个人坐在出租直升机里，他甚至都不看她一眼。他被从未宣读过的强有力的誓言束缚住了，遵守着早已废弛的法律，目光朝向别的地方，一声不吭地呆坐着。有时候，他会突然感到紧张，浑身不由自主地颤抖起来，就像一根紧得快要断裂的琴弦，被手指拨弄着。

出租直升机在列宁娜住的那栋公寓楼的楼顶着陆了。她下了飞机，快活地暗暗想道：“哇，终于到啦。”虽说他刚才一直那么怪，可现在他们还是到了。她站在一盏灯下，手里拿着一个便携式的小化妆镜朝里面费力地看着。没错，她的鼻子有点油亮。她用一只粉扑粘了一层薄薄的香粉。他在付费——时间刚好够。她涂抹着那一小块油亮的地方，心里想道：“他长得帅死了。不用像伯纳德那样害羞。然而……换作别的男人早就干那事了。唉，这一刻终于到了。”她的那张脸的那个部分在圆圆的小镜子里突然对着她笑了。

“晚安。”一个沉闷的声音在她身后说道。列宁娜一转身。他正在飞机舱口站着，一双眼睛紧盯着她，很显然，在她给鼻子扑粉的时候，他就一直这么看着她，等着她——可他在等什么呢？要么就是在迟疑，努力下定决心，一直在想，在想——她猜不出他的脑袋里又有了哪些怪异的想法。“晚安，列宁娜。”他又说了一遍，想笑，却做了一个奇怪的鬼脸。

“可是，约翰……我以为你……我是说，你不想……”

他关上舱门，俯下身体对司机说了一句什么。出租直升机忽地升入空中。

透过地板上的玻璃窗，野蛮人能够看到列宁娜那张仰起的脸，在蓝色的灯光的照射下显得那么苍白。她的嘴张着，她在喊。她那渐小的身影匆匆离他而去，慢慢消失的方形楼顶好像坠入了黑暗之中。

5 分钟后，他已回到自己的房子里。他事先把那本被老鼠咬过的《莎士比亚全集》藏好了，此刻拿了出来，虔诚又小心地翻着皱皱巴巴的书页，开始读《奥赛罗》。他想起来了，奥赛罗和《直升机上的激情三周》中的那个男主角一样——也是个黑人。

列宁娜擦干眼泪，走过楼顶去乘电梯。下往 27 楼途中，她掏出自己的那瓶苏摩。她想，一克肯定不够，一克不足以治好她的创伤；吃两克吧，明天早晨就可能无法准时起床。她折中了一下，把 3 个半克的苏摩片倒在了窝成杯状的手中。

第十二章

门锁着，伯纳德只好隔着门喊叫，但野蛮人死活不肯开。

“可人都到齐了，都等你呢。”

“让他们等着吧。”那个低沉的声音隔着门说了这么一句。

“可你心里很明白，约翰。”①

“你应该先问问我愿不愿意见他们。”

“可你以前总是随叫随到的，约翰。”

“就是因为这个，我今天才不想去了。”

“就当是让我高兴高兴，”伯纳德喊道，开始用甜言蜜语哄人家，“你不想让我高兴吗？”

“不想。”

“你说的是真的吗？”

“是的。”

① 一个人大声跟人家说话，想让自己的声音听起来有说服力该有多难！

伯纳德绝望地哀号道："那我怎么办？"

"去死吧！"里面那个气呼呼的声音吼道。

"可坎特伯雷歌剧院那位首席社会男高音歌唱家今天晚上也来啦。"伯纳德快要哭了。

"哎呀塔克哇！"野蛮人只有用祖尼语才能准确表达出自己对坎特伯雷歌剧院那位首席社会男高音歌唱家的态度。"哈尼！"他想了一会儿补充道，然后[①]说，"桑斯伊索茨纳。"他在地上啐了一口，就像蒲伯可能会做的那样。

伯纳德最后没办法了，只好偷偷摸摸地回到家里，对那些早就等得不耐烦的人说野蛮人今天晚上不来了。人们一听这个消息顿时炸了锅，个个无比气愤。男人们快被气死了，不由得勃然大怒，伯纳德这小子本来是个不起眼的小人物，名声那么烂，总是说一些异端观点，他们为了见野蛮人才不得已对他满脸赔笑，对他客客气气的，可现在……他们觉得被骗了。地位越高的人，怒气越大。

首席歌唱家不停说着："他妈的，玩我啊！"

女人们也生气，觉得被骗了——被这个当初有人不慎把酒精倒进其胚胎瓶子里的卑鄙的小男人骗了——被一个有着伽马加体格的家伙骗了。人们怒火冲天，都说被骗了，叫嚷得越来越凶。伊顿中学的那位女校长骂得格外厉害。

只有列宁娜一声不吭。她脸色苍白，蓝眼睛里蒙着一层不

---

① 那语气中透着多大的嘲讽，说得又有多狠！

常见的忧郁，一个人坐在角落里，也不跟周围的人说话，他们哪知道她的痛苦？她来参加这个派对，心中又兴奋又焦虑，好奇怪的一种感觉。她进屋时，心里这样想："一会儿我就能看到他了，就能和他说话了，就能告诉他[①]我喜欢他了——我最喜欢的男人就是他了。然后，说不定，他会说……"

他会说什么？血涌上了她的脸颊。

"那天晚上看完感官片后他怎么那么怪？太怪了。我敢肯定他是喜欢我的。我确定……"

也就是在这个时候伯纳德宣告了野蛮人不能到场的消息。

列宁娜突然体会到了刚开始接受激情替代治疗时通常会有的那种感觉——一种可怕的空虚感，一种让人无法呼吸的忧虑感，一种呕吐感。她的心好像停止了跳动。

"也许是因为他不喜欢我。"她对自己说。这种可能性马上就变得千真万确了。约翰不肯来，就是因为他不喜欢她。他不喜欢她……

"有点太过分了。"伊顿女校长对尸体焚化及磷回收中心主任这样说，"我还以为真的能……"

"是有点太过分了。"是范妮·克劳的声音。"酒精那回事肯定是真的了。我有个朋友，认识一个人，那人当时就在胚胎库工作。她对我朋友说的，我的朋友又对我说的……"

"太恶劣了，太恶劣了。"亨利·福斯特对首席社会男歌

---

① 因为她来的时候早就想好了。

唱家表示了同情，“你或许有兴趣知道，我们的前任主任当时就要把他调到冰岛去。”

人们说的每一个字就像一根根针，在伯纳德那个用快乐和自信填充得鼓胀胀的气球上刺了数千个窟窿，千疮百孔的气球漏气变瘪了。他脸色苍白，心乱如麻，又绝望又焦躁，在客人们中间蹿来蹿去，结结巴巴地向人家赔不是，让人家千万放心，下次肯定把野蛮人叫来，又求人家坐一会儿，吃个胡萝卜素三明治，吃片维他命A面包，喝杯代香槟也行。让吃就吃呗，大家吃了起来，却不搭理他，喝着饮料，不是对他怒目而视，就是相互间说他的不是，又说得那么大声，态度那么不好，就好像他不存在一样。

“现在请听我说，我的朋友们。”坎特伯雷歌剧院那位首席社会男高音歌唱家用清脆又响亮的声音说道，要知道当初在福特日的庆祝活动上，他可是第一个出场的，“听我说，我的朋友们，我认为或许我们应该……”他站起身，放下酒杯，把粘在紫色粘胶马甲上的大量小吃残渣抖掉，朝门口走去了。

伯纳德慌忙冲上前把他拦住。

“大歌唱家，您真的要……天色还早呢。希望您……”

是的，他当初根本没有料到的是列宁娜曾偷偷告诉他，如果他请大歌唱家，大歌唱家是会接受的。“他真的挺可爱的，你知道吗。”前些日子，她跟大歌唱家在拔萃歌剧院共度周末时，大歌唱家送给她一个T字形的金色小拉链纽扣，她已经把这东西给伯纳德看过了。伯纳德欣喜若狂，在每张请帖上都写下了这样一行字：能够有幸同坎特伯雷歌剧院首席社会男高音歌唱家与野蛮人先生见面。但野蛮人偏偏今天晚上把自己锁在屋里，高喊“哈尼”，甚至[①]“桑斯伊索茨纳！”这一刻本该是伯纳德这辈子最辉煌荣光的时候，却突然遭受了从未有过的奇耻大辱。

“我万分希望……”他用恳求、慌乱的目光看着那些尊贵的大人物，又结结巴巴地说开了。

“我的小朋友。”大歌唱家用一种严肃庄重的口气大声说道，屋里顿时安静下来。“我来给你提点建议吧。”他冲着伯纳德晃了晃手指，“趁现在还来得及，给你提个好的建议。”[②]“你要痛改前非，我的小朋友，痛改前非。”他冲着他画了一个T字，然后把身体转了过去。“列宁娜，我亲爱的，”他换了种口气说道，“跟我走吧。”

列宁娜很听话地跟着他出了屋子，却没有笑，也没有流露出任何的喜悦表情[③]。别的客人为了表示尊敬，和他俩保持着一定的距离，也跟着走了。最后一个客人砰的一声随手把门关上。屋里只剩下了伯纳德一个人。

千疮百孔的他彻底泄了气，一屁股瘫倒在椅子上，双手掩面，开始哭泣。然而，过了几分钟，他又好好地想了想这件事，吃了4片苏摩。

野蛮人正在楼上自己的房间里读《罗密欧与朱丽叶》。

---

① 幸好伯纳德不懂祖尼语

② 他的声音变得好阴森。

③ 对他赐予自己的这种殊荣全然没有感觉。

列宁娜和大歌唱家下了飞机，到了歌剧院的楼顶。“快点，我的小朋友——我是说列宁娜。”大歌唱家站在电梯口不耐烦地喊道。列宁娜在楼顶逗留了一会儿，抬头看了看月亮，然后低下头，匆匆走过楼顶，到了他的身旁。

穆斯塔法·蒙德刚刚读完的那份文件的标题是《生物学新理论》。他坐了一会儿，皱紧眉头思索了片刻，然后拿起钢笔在首页上写起来。“作者用数学法处理此议题概念的做法颇为新颖巧妙，但考虑到现存社会秩序，此种做法是危险且具有潜在颠覆性的。不予发表。”他在最后这 4 个字的下面划了一条重点线。“作者会受到监管。他调往圣海伦娜海军生物站这件事或许已变得刻不容缓。”怪可惜的，他签名的时候心里这样想道，称得上是一份杰作。不过一旦用术语解释概念——唉，结果会怎样就不知道了。这个想法说的是给那些高等人群中的不安定分子更容易重新设定条件——让他们不再相信幸福就是至善这种看法，转而认定这个目标遥不可及，超出了人类的能力极限，生活的目的不是保持康乐，而是增强并净化意识，获取知识。主席想了又想，觉得这个想法是很有可能实现的。不过，就目前环境来说，还不能这么干。他又把钢笔拿了起来，在“不予发表”下面划了第二条线，比第一条还要粗，还要黑，然后把名字签好了。他想道：“一个人若不去想幸福这件事该有多快乐啊！”

约翰紧闭双眼，因为狂喜脸上泛着光彩，用一种柔情的语调对着虚空朗诵道：

哦，她真的让火炬燃起了烈焰！
她就像埃塞俄比亚人耳朵上戴的璀璨宝石耳环，
悬挂在夜的边缘；
美得不能用，
降落凡间吧，又太宝贵……

金T字架闪着亮光在列宁娜的胸前挂着。大歌唱家一把抓住，扯了几下。“我想，”列宁娜打破了长久的沉默，突然开口说道：“我最好先吃两片苏摩。”

伯纳德此时正在沉睡，梦中还在对着他那个私人乐园微笑。他在微笑着，微笑着。不过，他床头那个电子钟表的分针，每隔30秒钟就会毫不留情地向前跳那么一下，声音小得几乎听不到。咔嗒，咔嗒，咔嗒，咔嗒……转眼就是早上了。伯纳德又回到了痛苦的时空。他的情绪无比低落，坐着出租直升机到了条件设定中心自己上班的地方。功成名就的狂喜早就消散得一点都不剩了，他心里很清楚，自己就跟以前一个样了，跟最近这几周那个暂时膨胀起来的气球相比，过去的那个自我好像前所未有地重于周围的环境了。

对这个泄了气的伯纳德，野蛮人表现了意料外的同情。

“你更像在马佩斯时的那个你了。”伯纳德把自己的痛苦经历对他说了以后他这样说，“还记得我们第一次聊天是在什么时候吗？就在那座小屋外头。你现在的样子就跟那时候一模一样。”

“因为我又不快乐了，就是这样。”

“嗯，我宁可不快乐，也不要你在这里拥有那种虚假的快乐。”

“可我喜欢这样，”伯纳德痛苦地说，“都是因为你才把事情搞得这么糟。你不愿意参加我的派对，让他们都数落我！”他知道他现在说的话很不公平，很荒唐，心里也承认，甚至到了最后大声承认，野蛮人说的为了一点鸡毛蒜皮的小事就大动肝火反目成仇的这类朋友不值得交往。可伯纳德虽然明白这一点，也承认野蛮人说的那些话是对的，同时心里又很清楚朋友的支持和同情是他目前唯一的安慰，可他还是在内心深处暗暗地抱怨野蛮人[①]，想找个办法稍微报复他一下。抱怨那位大歌唱家是没用的，抱怨装瓶室主任或者命运预定中心主任助理又不可能。对伯纳德来说，野蛮人作为报复对象有着下面这个远超于其他人的有利条件：可以接近他。朋友的主要作用之一就是承受[②]我们想却又无法施加到我们的敌人头上的惩罚。

伯纳德的另外一位朋友也受到了他的伤害，这人就是亥姆霍兹。伯纳德如今一败涂地，就又来跟人家好了，想当初他发达时，可是从未想过这个朋友还是值得交下去的，亥姆霍兹却照样把他当朋友看待。他接待了伯纳德，没有一句责备的话，也没有说什么，就好像早就忘了有吵架这回事似的。伯纳德被感动了，却又觉得自己被朋友的这种宽宏大量羞辱了——这种宽宏大量越不同寻常，他就越觉得羞辱，因为这种品质并不是

---

① 此时，他对野蛮人也是真有感情的。

② 用一种温和的、象征性的方式。

苏摩的功劳，而只是由于亥姆霍兹的性格所致。那是愿意忘记、愿意原谅朋友的平日里的亥姆霍兹，而不是吃了半克苏摩度假中的亥姆霍兹。伯纳德又感激[①]又忿恨[②]。

在两人重归于好之后的第一次会面当中，伯纳德向对方大吐苦水，并接受了对方的安慰。几天后，令他吃惊又羞愧的是原来惹上麻烦的不只他一个人。亥姆霍兹也和领导闹得很不愉快。

“因为几首诗，”他解释道，“我照例给三年级学生上高级情感工程课。一共 12 节课，第 7 节讲的是诗歌。准确地说，那节课叫‘道德宣传及广告中诗歌的运用’。我在课堂上总会举一些和写作技术有关的例子。这次我想让他们见识一下我刚刚写的一首诗。当然了，诗写得非常疯狂，都是疯话，但我控制不住自己，停不了笔。”他哈哈一笑，继续说，“我很想看看他们的反应。另外，”他用一种比刚才更严肃的口气补充道，“我想搞点小宣传。我想让他们体会到我写这些诗时的感受。哦，福特！”他再次放声大笑，“叫嚷得那个凶啊！校长把我叫了去，威胁要我马上卷铺盖滚蛋。我现在也成名人啦。”

“你都写的什么啊？”伯纳德问。

“孤独。”

伯纳德挑挑眼眉。

“你要是想听，我给你背背。”亥姆霍兹开始背诵：

---

① 与朋友重归于好是一种巨大的安慰。

② 亥姆霍兹对人这么宽宏大量，要是能报复他一下该有多爽。

昨日的委员会，
鼓槌都是好的，但鼓是破的，
城市的午夜，
真空中的长笛，
紧闭的嘴唇，困倦的脸庞，
每一台停止工作的机器，
沉默而肮脏的场所，
人们——
沉浸在无言的快乐中，
哭泣[1]，
说话——用谁的声音说？
这我可不知道。

比如说，苏珊缺席了，
伊吉丽雅缺席了，
胳膊和每个女人的乳房，
嘴唇，还有，啊，屁股，
慢慢地组合成一个人的形象；
这人是谁？我问，这种存在
怎么这么荒唐可笑？

① 大声或者低声。

其实根本就没有这种存在，
然而，我们还是应该用这种东西
填满空虚的夜，
用这种东西比用人与人之间的那种联系
填得要更充实，
为何一切显得如此肮脏？

“嗯，我就给他们举了这么一个例子，他们就报告给校长了。”

“这事不奇怪，”伯纳德说，“这简直是跟睡眠教育对着干嘛。想起来没，他们至少发出了 25 万次反对孤独的警告。”

“这我知道。可我就是想看看反应如何。”

“嗯，现在你看到了吧。”

亥姆霍兹只是大声一笑。“我觉得，”他停顿片刻，继续说，“我好像有了一些想写的东西。我好像在开始使用我曾经感觉到的那种存在于自己体内的力量——那种额外的潜藏的力量。有时候我觉得它正在我的体内苏醒过来。”伯纳德觉得，虽说亥姆霍兹碰到了这么多的麻烦，可他好像还是很快乐。

亥姆霍兹和野蛮人一见面就喜欢上了对方。他俩打得火热，伯纳德见了妒忌得不行，感到了一种钻心的刺痛。他都和野蛮人认识那么多周了，可他俩的感情还没有亥姆霍兹和野蛮人一见面来得亲密。他看着他们，听着他们说话，有时会后悔，早知如此当初真不带把他俩撮合到一起。他妒忌人家，又为自己有这种感觉而感到羞耻，只好时而强忍这种感觉，时而吃点苏摩消灭这种感觉。但效果并不大，“苏摩假期”之间是有一些必要的时间上的间隔的，每逢这个时候，那种讨厌的感觉总会回来侵扰他。

亥姆霍兹就是在第三次同野蛮人见面时背诵了他写的那几首关于孤独的诗。

背诵完了，他问："你觉得怎么样？"

野蛮人摇摇头，说道："听听这个。"说着打开抽屉，拿出那本被老鼠啃噬过的书，翻开，读了起来：

让叫得最响的那只鸟，
落在那唯一的一棵阿拉伯树上，
传令官悲哀，哀乐奏起……

亥姆霍兹越听越兴奋。听到"唯一的一棵阿拉伯树"时吃了一惊；听到"你这个尖声叫喊的传令官"时突然快活地笑了；听到"每一只霸鸟"时血涌上了脸颊；听到"哀乐"时脸色变得苍白，生出了一种从未有过的感觉，整个身体剧烈地颤抖起来。野蛮人继续读着：

本性就这样惊呆了，
自我也不再是自我了，
本性就一种，却有两个名字
既不叫一，也不叫二。

理智自己也被搞得不知所措了

看到分开的两个部分又合到了一起……

“尽情快活吧！”伯纳德打断了野蛮人读诗，哈哈大笑起来，笑得却很难听。“不就是一首团结一致礼拜会颂歌嘛。”他在报复他的这两个朋友，因为他们对彼此的喜爱程度超过了对他的喜爱程度。

在他们接下来的那两三次会面中，他总是用这个小伎俩报复人家。做法很简单，却又极为有效，因为亥姆霍兹和野蛮人看到他把他们最喜欢的一首晶莹剔透如水晶的诗打碎、玷污总会感到痛苦不堪。最后，亥姆霍兹实在受不了了，威胁他，如果他胆敢再这么胡闹，就把他从房子里踢出去。可是，怪得不能再怪的是，接下来的那次干扰，也是最丢人的一次，竟然是亥姆霍兹自己干的。

那是在野蛮人大声朗读《罗密欧与朱丽叶》的时候——读得激情似火、浑身乱颤[①]。亥姆霍兹听着两人初次见面时的情景，既觉得很有意思，又觉得有些困惑。果园相会这一幕写得很有诗意，他很喜欢，但表达出的那种多愁善感的情绪让他忍不住笑起来。有了姑娘，就变成了这副德行——好像很可笑啊。但描写得很细腻，让他有一种身临其境的感觉，真是一片极好的情感工程文章！“那个老家伙，”他说，“让我们当中最优秀的宣传专家都显得十分可笑。”野蛮人得意地笑了笑，继续读。

---

① 因为他一直把自己当成罗密欧，把列宁娜当成朱丽叶了。

一切进行得都还算过得去，直到第三幕的最后一场，也就是凯普莱特两口子开始吓唬朱丽叶让她嫁给帕丽斯的时候，情况突然有了变化。整场戏都让亥姆霍兹觉得不太自在，可就在这时野蛮人用滑稽剧的形式模仿起了朱丽叶的凄惨叫声：

难道云间就没有慈悲的神灵
能够理解我这深不见底的悲伤吗？
哦，我那亲爱的母亲，不要把我抛弃！
把婚礼推迟一个月，一个星期也行；
如果你不这么做，就把我的婚床
抬进泰博尔特长眠的那座阴暗坟墓里吧……

听朱丽叶这么说，亥姆霍兹再也控制不住了，整个人就像爆炸了一样，突然狂笑起来。

母亲和父亲[①]竟然强迫女儿嫁给一个她不喜欢的男人！这个姑娘也傻，都没有跟他们说[②]自己已经有更喜欢的人了！这一幕写得淫秽又荒唐，听了让人忍不住想笑。他越来越想笑，只好使劲忍着，忍了又忍，可是当听到野蛮人用颤抖的痛苦语调读出“我亲爱的母亲”这几个字，又听他提到泰博尔特长眠

① 多么奇怪、淫荡的字眼。

② 至少此刻没有说。

这件事[1]时，再也忍不住了。他放声大笑，不停地笑，一直笑得眼泪都顺着脸颊流下来了——就在他笑个不停的时候，野蛮人气得脸都白了，抬起头，目光越过书的最上端，看了他一会儿，见他没有停下来的意思，生气地把书合上，站起身，就像一个人在一头猪面前把自己的珍宝收好一样，拉开抽屉，把书放进去，锁好了。

亥姆霍兹不笑了，呼吸平缓了些，力气恢复得差不多了，可以说话了，这才向野蛮人道歉，并安慰他听自己解释："我很清楚有时候是需要写一些这样的荒诞疯狂场景，不这么写就写不好。那个老家伙为什么能成为一个这么了不起的宣传专家？因为他有那么多疯狂和痛苦的故事让人听了兴奋。不受伤、不痛苦，就写不出具有X光那般穿透力的好句子。可父亲和母亲！"他摇了摇头，"我听到这两个词就想笑。还有，谁会为一个小伙子找没找姑娘这种事兴奋？"[2]"不，"他叹了口气，最后说道，"这种东西不行。我们得找一些别的东西，一些疯狂和暴力的东西。但这种东西是什么？是什么？在哪里才能找到？"他沉默了，然后摇摇头，又说，"我不知道。我不知道。"

---

① 显然烧都没烧就埋进阴暗的坟墓里了，白白浪费了那些磷。

② 野蛮人一皱眉，但一直在忧虑地盯着地板的亥姆霍兹丝毫没有察觉到。

第十三章

亨利·福斯特隐约出现在了胚胎库的暗光中。

“今天晚上想去看感官片吗？”

列宁娜摇摇头，一句话也没说。

“有约了？”他很想知道她和他的哪位朋友约了。“是贝尼托吗？”他问。

她又摇了摇头。

亨利注意到了她那双紫色的眼睛里流露出的疲态，狼疮脸表皮下的苍白和浮荡在没有笑意的深红色唇角的悲伤。“你觉得不舒服，对不对？”他有点担忧地问道。现在还有不多的几种传染病没有被消灭，他担心她可能感染了。

然而列宁娜又一次摇了摇头。

亨利说道：“不管怎样，你还是应该去看医生。医生常伴，烦恼不见。”他快活地补充道，拍拍她的肩膀，好让她明白他说的这句睡眠教育格言。“也许你需要来一针代妊娠素，”他提议，“要么就接受一次超强度的激情替代治疗。知道吗，有时候一般的激情替代治疗不太……”

“哦，看在福特的份上，”列宁娜刚才一直在强忍着，这时突然说道，“快闭嘴！”说完就转过身去捣弄她刚才忘了捣弄的那几个胚胎了。

啊，一次超强度的激情替代治疗！她要是没这么难受早就笑了。好像她的激情还不够多似的！她重新注满针管，发出一声深深的叹息。“约翰，”她咕哝着对自己说，“约翰……”然后又困惑地问自己，“哦，福特，我到底给这个打昏睡病预防针了没？”她想不起来了。最后，她想还是不要冒险了，顺着流水线朝前走，到了下一个瓶子跟前。

从那一刻开始算，再过22年8个月零4天，在姆瓦扎-姆瓦扎，就会有一个颇有前途的阿尔法减年轻管理者死于昏睡症——半个多世纪以来的首例。列宁娜叹了口气继续干活。

一个小时以后，在更衣室，范妮义愤填膺地叫道：“你把自己搞成这个样子可真可笑。可笑死了。为了什么？就因为一个男人——‘一个’男人？”

“可我喜欢这个男人。”

“说得好像全世界几百万的男人都不存在似的。”

“我不喜欢他们。”

“你又没试怎么知道？”

“我试了。”

“试了多少？”范妮耸耸肩，露出一副瞧不起人的模样，说道，“一个还是两个？”

“几十个。可，”她摇摇头，又说，“一点都不好。”

“唉，你得接着试。”范妮简短地说，可谁都看得出来，她这时候说话不像刚才那么有底气了，“不坚持什么都得不到。”

“可，同时……”

“别想他了。”

“我控制不住。”

“那就吃点苏摩。”

“我吃了。”

“那就接着吃。”

“可在间隔的那段时间里，我还是喜欢他。我会永远喜欢他。”

“嗯，如果事情真的是这样的话，”范妮坚定地说，“那你为什么不直接去把他给上了。管他愿意不愿意。”

“可你也知道他有多怪！”

“一旦下了决心，再多的理由都不是理由。”

“说得倒轻巧。”

“别瞎想了，行动。”范妮的声音清脆响亮，跟小喇叭差不多，她那个样子就像一位青年女子福特协会的讲师，大晚上的，正对着一群贝塔减小姑娘发表鼓动性的讲话。“没错，行动——立即，立即行动。”

“我怕。”列宁娜说。

“这样，你先吃半克苏摩。我现在得去洗澡了。”她拖着条毛巾赶紧走了。

野蛮人总盼着亥姆霍兹那天下午能来[①]，都等得有些不耐烦了，可就在这时门铃响了。他忽地站起来，慌忙到了门口。

“我就预感是你，亥姆霍兹。”开门的时候他这样喊道。

门槛上站着一个姑娘，身穿一件白色醋酸丝质水手服，左耳边歪戴着一顶白色圆帽，看起来很漂亮，正是列宁娜。

“哦！”野蛮人大叫一声，好像被谁狠狠揍了一拳似的。

半克苏摩就让列宁娜忘掉了恐惧和羞怯。“你好，约翰。”她微笑着说了这么一句，就走过他的身旁，进了屋子。他习惯性地随手把门关好，跟着她进来了。列宁娜坐下来。一阵长久的沉默。

“你好像不太乐意见我，约翰。”她终于开口说道。

“不乐意？”野蛮人用幽怨的目光看了她一会儿，突然双膝跪在列宁娜跟前，紧紧握着她的手虔敬地吻着。“不乐意？哦，你要是知道我的心，”他小声说，然后大着胆子抬起头，看着她的脸，“列宁娜，我崇拜你，”他继续说道，“我无比崇拜你，在这个世界上，你最珍贵。”她双目含情地对着他笑，一副娇艳欲滴的样子。“哦，你是那么完美，”[②]“那么完美，没人比得上你，”[③]“简直是人间尤物。”还在贴近。野蛮人突然

---

① 他想好了，要把列宁娜的事跟他说说，这桩事憋在心里，叫他难受，一刻也等不了了。

② 她轻启娇唇，把身体向他那边靠。

③ 她越贴越近了。

慌忙起身。“那就是为什么，”他说，却早已把脑袋歪到了一旁，不敢看她了，“我想先做些事……我是说，以证明我配得上你。我并不是说我非得这样，但我想证明至少我并不是一个一无是处的废物。我想做……”

“你干吗非得认为……”列宁娜只把话说了一半就不说了。从声音上判断，她有点恼怒。一个女人，张着双唇，跟你越贴越近——你却像个笨手笨脚的傻蛋，慌忙起身躲开，搞得对方扑了个空——嗯，你这么干肯定是有理由的，就算对方的血液里有半克苏摩在流动，可还是会有点恼怒。

“在马佩斯，”野蛮人结结巴巴又含糊不清地说开了，“得给她弄一张美洲狮的皮——我是说，如果想娶哪个姑娘的话。狼皮也行。”

“英国没有狮子。”列宁娜厉声说道。

“就算有，”野蛮人突然用一种鄙夷的口气怒气冲冲地说道，“人们也开着直升机把它们杀死了，我想是朝下扔毒气弹吧，要么就是用别的办法。反正我是不会这么干的，列宁娜。”他挺直肩膀，大着胆子看着她，却发现她正用一种恼怒不解的目光盯着自己。他不知道她为什么这么看他，“我什么都愿意做，”他说得越来越结巴，“你让我做什么都行。有些运动做起来很辛苦——知道吧，却能让人快乐。这就是我的感悟。我是说，就算你想让我拖地板，我也愿意去做。”

“可我们这里有真空吸尘器，”列宁娜一脸困惑地说，“用不着你费那个劲。”

“当然用不着我费那个劲了，但有些基本的工作是需要有一定的崇高品质才能忍受的。我想用这种崇高品质去做一些事。你难道没看出来吗？”

“可如果有真空吸尘器的话……”

“我说的不是这个意思。”

“这些活可以交给伊普西龙半白痴们做，”她继续说，“没错，可以交给他们去做，你干吗非要费这个劲？”

“为什么？为了你啊，为了你啊。就是为了证明我……”

“真空吸尘器和狮子到底有什么关系……”

“为了证明……”

“或者说狮子和乐意见我有什么……”她越来越烦了。

“我有多爱你，列宁娜。”他几乎是孤注一掷地说出了这句话。

列宁娜听完这话，又惊又喜，心中泛起波澜，血涌上双颊。“你说的是真的吗，约翰？”

“我本不想这么说的，”野蛮人紧握拳头，痛苦地叫道，“直到……听着，列宁娜；在马佩斯，人们是要结婚的。”

“结什么？”恼怒开始慢慢爬回她的声音里了。他究竟在说什么啊？

“结了婚，就一辈子在一起了。他们承诺厮守终生。”

“好可怕的想法！”列宁娜真的震惊了。

“心灵美比外在美更持久，心灵更新的速度比血液衰败的速度更快。”

“什么？”

“好像也是莎士比亚说的：‘若你在一切圣洁的仪式尚未

结束之前就解开她贞洁的结……'"

"约翰，看在福特的份上，说点正经的吧。你说的我一个字都听不懂。刚开始是真空吸尘器，这会儿又是什么结。你都快把我逼疯了。"她猛地站起来，好像生怕他的身体和他的心从她跟前跑掉，紧紧地抓住了他的手腕，"老实回答我这个问题：你到底喜不喜欢我？"

片刻的沉默，然后他小声对她说："我对你的爱胜过世间的一切。"

"那你干吗不说？"她叫道，气得都把尖尖的指甲掐到他手腕的肉里了，"又说结，又说真空吸尘器，又说狮子的，浪费了那么多时间，让我痛苦了好几周。"

她把手松开，生气地甩了那么一下。

她说："我要是不这么喜欢你就不会冲你发这么大火了。"

突然，她伸出两只胳膊，搂住了他的脖子；他感觉到她那柔软的双唇压在了自己的嘴唇上面。是那么柔软，那么叫人垂涎欲滴，那么温热，那么令人兴奋，以至于让他不可避免地察觉到自己正在想《直升机上的激情三周》里那对男女拥抱的情景。哦！哦！那个立体的金发美女，啊！啊！比活生生的黑人还要逼真。可怕，可怕，好可怕……他想挣脱，但列宁娜怎肯放手。

"那你为什么没告诉我？"她把头后仰，看着他轻声问道。她的眼里露着一种温柔的责备。

“就算是最阴暗的洞穴，最合适的地点[1]，恶魔最强烈的诱惑，也决不能将我的贞洁化为欲望。决不能，决不能！”他坚决地说道。

“傻孩子！”她说，“我好想要你。若你也想要我的话，为什么不……”

“可是列宁娜……”他开始反驳，列宁娜马上就松开胳膊，朝后退去了。他想了一会儿，以为她明白了他那无言的暗示。但是当看到她解开她那白色的专利腰带，很小心地挂在椅背上时，开始怀疑她刚才误解了他的意思。

“列宁娜！”他又害怕地叫了一声。

她把手放在脖子那边，垂直向下一拉，拉了好长，白色的水手服就褪到了脚跟，刚才他还在怀疑，这会儿已是非常、非常确定了。“列宁娜，你在做什么？”

嗞，嗞！她的回答是无言的。她脱掉了喇叭裤。她的拉链紧身连体内衣是粉红中略微带些淡黄的那种。大歌唱家送给她的那个金T字架在她胸前晃荡着。

“那乳峰透过胸衣冒了出来，被男人们看到了……”这些话清脆响亮，如滚滚响雷，又有着十足的魔力，让她看起来危险了一倍，也迷人了一倍。温软，温软，却像刀子一样尖锐。又冲又钻，钻透了理智，挖空了决心。“最坚定的誓言到了血的火焰面前也不过是一根草。要更加节欲才对，否则……”

---

① 良心的声音如滚雷般诗化地响着。

嗞！浑圆饱满的粉色胸衣就像一个苹果，从中间被切了一刀，一下子分开了。两条玉臂一扭，右脚先抬那么一下，然后是左脚：拉链连体紧身内衣就毫无生气地落在地上，瘪了下去。

鞋子和袜子还穿在脚上，那顶白色的圆帽还在头上歪戴着，她就这么直冲冲地朝着他走过去了。“亲爱的。亲爱的！若你以前这么说该有多美！”她把两只胳膊伸了出去。

野蛮人受到了惊吓，接连后退，没说什么“亲爱的”，也没有张开双臂，而是抬起双手冲着她用力拍着，就好像在驱赶某个破门而入的危险动物。他连退了4步，无路可退了，身体抵到了墙上。

“亲爱的！”列宁娜说着把双手搭在了他的肩膀上，身子朝他压了过去。“抱着我，”她用命令的口气说，“亲爱的，直到把我抱得失去知觉。”她的诗句也是信手拈来，她也知道一些歌词，还知道这些歌词就是符咒，就是节奏强劲的鼓乐。“吻我，”她闭上了双眼，让自己的声音慢慢下沉、下沉，化成困倦的细语，“吻我，直到把我吻得昏死过去。抱着我，亲爱的，你的小兔子……”

野蛮人抓着她的手腕，把她的两只手从肩膀上扯了下去，粗暴地把她推到了一臂远的地方。

“哦，你弄疼我了，你……哦！”她突然不作声了。恐惧让她忘记了疼痛。她睁开双眼，看到了他那张脸——不，不，那不是他的脸，那是一个凶残的陌生人的脸，苍白、扭曲，因为某种狂暴、莫名的愤怒抽搐着。她吓坏了，小声问：“你这是怎么了，约翰？”他没有回答，只是用那双疯狂的眼睛盯着她。

他紧攥着她的手腕的那两只手在颤抖。他沉重地喘着粗气，呼吸变得不均匀了。她突然听到他在咬牙，虽说微弱得几乎听不到，却十分吓人。“你这是怎么了？”她几乎都要尖叫了。

“哦，别这样，别——别这样。”她说。奇怪的是，他那抖动的双手也让她的声音颤抖了。

“婊子！”

“求——求你了。”

“该死的婊子！”

“——吃一克胜过……”她开始说格言了。

野蛮人用的力气太大，让她打了个趔趄，摔倒在地。“滚蛋，”他站在她跟前用威胁性的口气吼道，“马上消失，不然我杀了你。”他攥紧了两只拳头。

列宁娜抬起一只胳膊护住脸：“不要，求你了，不要，约翰……”

“快点，快滚！”

她那只胳膊还在抬着，用惊恐的目光追随他的一举一动，挣扎着爬了起来，却还在蹲着，还在护着头，冲向了浴室。

就听啪的一声，仿佛一声枪响，一大巴掌抽了下来，让她加快了逃走的速度。

“哦！”列宁娜朝前一跳。

进了浴室，锁好门，安全了，她才有空仔细检查伤在什么地方。她背对镜子站立，把头扭向一旁。目光越过左肩，她看到自己珍珠般透亮的肉体上有一个大巴掌印，印子是暗红色的，清晰可见。她很小心地抚摸着自己的伤口。

外面，另外一间屋子里，野蛮人正迈着大步走来走去，跟随着节奏强劲的魔力乐句不停地快步走动。“鹪鹩在干那事，金色的小苍蝇也当着我的面交尾。”这些句子疯了似的在他的耳朵里轰轰响着，“艾鼬或者肮脏的马干起那事来也没她浪。虽然她们上半身是女人,但下半身是怪物。她们上半身是众神的，下半身却是魔鬼的。”那里是地狱，那里是黑暗，那里是阴间，燃烧着烈火，烧着滚烫的沸水，臭气熏天，勾魂摄魄；呸！呸！呸！呸！呸！呸！医生，行行好，快给我一盎司灵猫香吧，好让我那想象中腐臭的东西变得好闻一点。”

“约翰！”一个声音大着胆子从浴室里传出来，很轻，就像是在讨对方的欢心，“约翰！”

“哦，你这野草，那么美，那么香，吻了就让人疼。这本书写得这么美，就是为了要在里面写‘婊子’这个词才写的吗？神见了也会捂住鼻子……”

但她的香水味仍在他的周围弥漫，他的上衣也被她涂抹在她那丝绒般的肉体上的香粉染白了。“不要脸的臭婊子，不要脸的臭婊子，不要脸的臭婊子，”强劲的节奏响起来了，怎么都挡不住，“不要脸……”

“约翰，我可以穿衣服了吗？”

“开门！”他踢着门命令道。

“不，我不开。”一个被吓坏的声音做出了反抗。

“嗯，那你让我怎么给你？”

“从门上的通气口扔进来。”

他按她说的做了，回过头去，继续在屋里不安地来回踱步。

“不要脸的臭婊子,不要脸的臭婊子。好色的魔鬼,长着大肥屁股,粗得像马铃薯的手指……”

“约翰。”

他不搭理她。“大肥屁股,粗得像马铃薯的手指。”

“约翰。”

“怎么了?”他粗声粗气地问道。

“能把我那条马尔萨斯腰带给我吗?”

列宁娜坐着,听着另外一间屋子里走过来走过去的沉重的脚步声,她听着,不知道他还要这样折腾多久;她要不要等他走了再出去;或者再等一会儿,等他那股疯劲儿稍稍平息了,再打开浴室的门,冲到门口。

就在她紧张不安地胡思乱想时,另外一间屋子里的电话铃响了,打断了她的思路。那个沉重的脚步声突然停止了。她听见野蛮人在跟一个听不到的声音说话。

“你好。”

……

“是我。”

……

“我没冒充,我就是。”

……

“是我,你没听到我这么说吗?我就是野蛮人先生。”

……

“什么?谁病了?我当然关心了。”

……

“严重吗？她真的病得很厉害？我马上去……”

……

“搬了？搬哪里去了？”

……

“哦，天啊！地址是哪里？”

……

“公园巷 3 号——对吗？是 3 号吧？谢谢。”

列宁娜先听到咔嗒一声，电话挂断了，而后听到急匆匆的脚步声。门砰的一声关上了。屋里听不到声音了。他真的走了吗？

她带着十二分的小心把门推开一条缝，隔着缝隙朝外偷窥；屋里没人，胆子大了一些；又开了一点，把整个头伸了出去；最后踮起脚进了屋；心还在怦怦跳，站了一会儿，听着，听着；然后大着胆子走到前门，推开，溜出去，重重关上门，跑了。直到进了电梯，电梯真的在竖井里开始朝下走时，她才觉得安全了。

第十四章

公园巷弥留者医院大楼高60层，楼身贴的都是浅黄色的瓷砖。野蛮人下出租直升机时，一队色彩鲜艳的灵柩直升机正转着圈从楼顶飞起来，猛地快速飞过公园，朝西飞向泥潭火葬场。到了电梯门口，他向门卫队长打听病房在哪里，门卫队长如实对他说了，他乘电梯下到17层，来到81号病房[①]。

病房很宽敞，阳光充足，墙上刷的也是黄漆，显得很亮堂，一共20张病床，都有人占着。琳达在跟一群人一起等死——不仅有伴，各种现代的便利死亡条件也一应俱全。旋律动听的合成音乐一直在响，空气中弥漫着一种欢快的味道。每张病床边上跟垂死的病人正好对着的，是一台电视机。电视机开着，像个水龙头，从早到晚都不关。每隔15分钟，病房里的香水味就会自动换一次。有一个护士早在门口时就接待了野蛮人，她向

---

① 门卫解释，快要死的老人都在那里住。

他解释道：“我们努力创造一种绝对宜人的氛围——介乎一流宾馆和感官电影院之间的那种气氛，听懂没？”

“她在哪里？”野蛮人没搭理她的耐心解释，这样问道。

护士生气了，说道：“你好像很着急嘛。”

他问：“还有希望吗？”

“你是说她还有没有不死的希望？”[①]“没有，当然没有啦。人送到这里来，就没……”他的脸顿时变得苍白，露出一副痛苦伤心的表情，把她吓了一跳，突然不敢说话了。“哦，你这是怎么了？”她慌忙问道。这种反常的访客她是没有见过的，[②]“你不舒服，是不是？”

他摇摇头，用一种几乎听不到的声音说道：“她是我母亲。”

护士用惊恐的目光瞥了他一眼，慌忙把头扭向一旁。从喉咙到太阳穴，她的整张脸都红了，变得火辣辣的。

“带我去看她。”野蛮人努力用一种正常的口气说道。

她仍然红着脸，带着他朝病房走去了。一张张的脸，还是有些精神的，还没有萎缩[③]，在他们过去的时候，纷纷扭过头去看。这些快死的人正处在第二个婴儿期，目光空洞、迷茫、冷漠，追随在他们身后。野蛮人看到这一幕浑身不由得颤抖起来。

---

① 他点了点头。

② 并不是因为访客不多，其实也不该有很多访客。

③ 因为衰老的速度极快，没有时间让脸颊上沾染岁月的痕迹——除了心和大脑。

琳达就在那一长排病床最后靠墙的那张上面躺着。她的身体下面放着几个枕头，把上半身垫高，正在看南美黎曼曲面网球冠军赛半决赛，缩小的画面显现在病床边上那台电视机的屏幕上，没有放声音。四方形的玻璃屏幕闪着亮光，几个小人在里面横冲直撞，没有一点声响，就像鱼缸里的鱼——另外一个世界里默不吭声却兴奋活跃的居民。

琳达看着电视，一脸茫然地傻笑着。那张苍白肿胀的脸上露着一种愚蠢快活的神情。她的眼皮时不时地合上，有那么一会儿又好像在打盹儿。然后，她稍微一惊，又醒了过来——看到了鱼缸里怪异的网球赛，听到了超级女高音歌唱家沃利兹雷安娜演唱的“抱着我，直到把我抱得失去知觉，亲爱的”，闻到了从她头顶的空气清洁器里喷出来的马鞭草的香气——醒过来看到、闻到或者听到这些东西，或者还不如说看到了一个梦，在她血液里流动着的苏摩的影响下，这些东西都在这个梦中变形了，变得五光十色，变成了一个个奇妙的部分，于是她就又一次露出了那种婴儿般满足的笑容，但她的这种笑是衰弱的，是没有神采的。

“那就这样啦，我得走了，”护士说，“孩子们就要来了。另外，3 号床的病人还得我照顾，”她指指病房那边，“随时都会咽气。好啦，你踏踏实实待着吧。”她匆匆走了。

野蛮人在病床旁边坐下了。

“琳达。”他握着她的手，低声说道。

听到有人叫自己的名字，她把头转了过来。她认出了他，浑浊的眼睛一亮。她握着他的手，她在笑，她的嘴唇在动，然后非常突然地，脑袋朝前倒了下去。她睡着了。他坐着看着她——从那疲惫的皮肉中寻找着，寻找着那张曾经年轻光彩的脸，那张在马佩斯住的时候曾数次俯在他那幼小的身体上面的脸，回忆着[①]她的声音，她的动作，以及他们共度的时光。“链球菌向右转，转到班伯里T字架那边……”她唱得曾是那么好听！还有那些童谣，又神秘，又奇怪，又有魔力。

> A，B，C，维他命D；
> 脂肪在肝脏里，鳕鱼在海里。

他想起了这些歌词，想起了琳达一遍遍唱这些歌词的声音，感觉到热泪正在他的眼皮后面涌出来。然后是她教他朗读的那些日子；猫蹲在席子上，小孩在瓶子里；还有《胚胎库贝塔员工实用手册》。在那些漫长的夜里，守着火堆，要么就是在夏日里，他们坐在那座小屋的顶上，她给他讲居留地外“那个地方”的故事，那个美得不能再美的地方的故事，他记得她说那个地方像天堂一样美好，人们都是那么善良，又都是那么美，这种记忆并未因为他和这个真实的伦敦以及这些文明男女的接触而受任何损伤。

一阵尖厉的声音突然传过来，让他睁开了眼睛，他匆匆擦去眼泪，朝四周看。无数个多生子，都是8岁，长得都一样，

---

① 他闭上了眼睛。

排成一条没有尽头的队伍，涌进了屋子。一个接一个，一个接一个——就像一个噩梦。他们那一张张脸，他们那一张张复制的脸——那么多的孩子只有一张脸——一个个像哈巴狗一样睁大了眼睛，一样的鼻孔，一样瞪大的灰白眼睛。衣服都是卡其色的。一张张嘴向下耷拉着，咧开着。这群孩子进来的时候还在像老鼠那样吱吱叫着，聊着。只过了一会儿，他们就像蛆虫一样挤满了整个病房。他们在病床之间推搡、拥挤，费力地爬上去，又钻到床底下，盯着电视机，又对病人们做鬼脸。

看到琳达，他们着实吃了一惊，被吓得够呛。几个孩子挤在一起站在她的床边，就像一群动物，突然迎面碰到了一个未知的东西，用惊恐、愚蠢又好奇的目光打量着对方。

“哦，快看啊，快看！”他们用惊恐、低低的声音纷纷说道。“她这是怎么了？她怎么这么胖？”

他们以前从来没有见过她这样的脸——从来没有见过一张不年轻、皮肤不紧绷的脸，也从来没有见过一个不修长、不挺直的身体。那些垂死的风骚老女人无一例外都有着一张青春少女般的脸。44 岁的琳达却刚好相反，看起来就像是一个虚弱、身体扭曲变形将死的怪物。

“很可怕，对不？”孩子们小声议论着，“看看她那牙。”

这时，从约翰坐着的那把椅子和墙壁之间突然冒出来两个长着哈巴狗脸的多生子，开始细细打量沉睡中的琳达的那张脸。

“我觉得……”一个孩子开始说道，但话只说了半截，就听到他尖叫了一声。野蛮人已经抓住了他的脖颈子，隔着椅子把他拎了过去，在他的左右脸蛋儿上各抽了几巴掌，那孩子哭号着跑了。

孩子的哭号声让护士长赶紧跑过来救场。

“你对他做了什么？”她气势汹汹地质问道，“我不允许你打孩子。”

“那就让他们滚开这里，别再到这张床这边来了。”野蛮人气得声音都发抖了，“这些肮脏的小杂种在这里做什么？真不要脸！”

“不要脸？你什么意思？他们是来接受死亡条件设定的。我告诉你啊，”她用一种野蛮的口气警告他，“倘若我再看到你干涉他们的条件设定，我就让人把门卫找来，把你轰出去。”

野蛮人站起身，冲着她向前走了几步。他的动作和表情中透着一股浓重的凶气，把护士长吓得连连后退。他努力控制住自己，什么也没说，转回身，又坐到了床边的椅子上。

护士长放心了，但看样子还有些疑虑，用一种略尖的声音庄重地说道：“我可警告过你了，你要记住。”然而，她还是领着那两个好奇心很重的孩子走开，让他们去屋子另一头，跟别的孩子一起玩她的一位同事编排的“找拉链”的游戏去了。

“走吧，去喝你的咖啡因药水吧，亲爱的。”她对另外一位护士说。施展权力让她恢复了自信，让她感觉好多了。“听我说，孩子们！”她喊道。

琳达不安地动了动，睁了一会儿眼睛，茫然地朝周围看看，又睡着了。野蛮人坐在她身旁，竭力重温几分钟前的情绪。“A，B，C，维他命D。”他一遍又一遍地默念着，好像这句话是一句咒语，能让死亡的过去重现，但这句咒语毫无用处。美好的记忆死活不肯出现，复活的只有一种让人憎恨的妒忌、丑陋和痛苦。被他砍伤的蒲伯胳膊上的血在朝下流；丑陋的琳达在睡觉，苍蝇嗡嗡叫着围着放在床边掺了水的龙舌兰酒乱飞；她走过去的时候，那些男孩子用那些下流的名字叫她……啊，不，不！他紧闭双眼，不停摇头，竭力否认这些记忆。“A，B，C，维他命D……”他努力回忆着那段美好的时光，那时候，他坐在她的大腿上，她把他搂在怀里，一遍又一遍地唱着，轻轻地摇着他，摇到他睡着，“A，B，C，维他命D，维他命D，维他命D……”

超级女高音歌唱家沃利兹雷安娜的声音变高了，像是在呜咽，喷香机器中马鞭草的香味突然被一种强烈的广麝香的香味取代了。琳达动了动，醒了，茫然地盯了半决赛画面一会儿，然后抬起头，闻了一两下那种新换的香气，突然笑了——一种孩子般的狂喜的笑。

“蒲伯！”她咕哝道，然后闭上了眼睛，“哦，我真的太喜欢这种香味了，我真的……”她叹了口气，让自己又陷进了枕头里。

“可是，琳达！”野蛮人恳求道，“你不认识我了吗？”他用了那么大的力气，用尽了力气，为什么她不允许他忘掉这一切？他近乎粗暴地抓住她那只松松垮垮的手，就好像要强迫她忘掉这个卑鄙的欢愉的梦，忘掉这些卑鄙而讨厌的记忆——回到现在，回到现实中来；这个恐怖的现在，这个恐怖的现实——正因为让它们变得如此恐怖的那死亡的临近，才让现在和现实显得如此崇高，如此有意义，如此重要。“你不认识我了吗，琳达？”

他感到了她那微弱的回应，她在无力地握他的手。泪水涌进他的眼眶。他俯下身体，吻她。

她的嘴唇动了动。“蒲伯！”她又低声叫道，他好像感觉到自己的脸上被泼了一桶粪汤。

他突然怒火中烧，希望再次落空，他的悲伤找到了另外一个发泄口，变成了一种痛苦的狂怒。

“可我是约翰！”他大声叫道，“我是约翰！”在狂怒的痛苦的驱使下，他真的紧紧抓住了她的胳膊，用力摇着。

琳达很快睁开了眼睛，看着他，认出了他——“约翰！”——却把这张真实的脸，这双真实、猛烈摇动的手放错了地方，放在了一个想象中的世界里——把它们放在了想象出来的超级高音沃利兹和广麝香中间，放在了扭曲变形的记忆和构成她的梦的宇宙的奇怪错位感受中间。她知道他是她的儿子约翰，却把他幻想成了一个闯入那个天堂般的马佩斯的人，而那里正是她和蒲伯共度“苏摩假期”的地方。他生气，是因为她喜欢蒲伯；他猛烈摇晃她，是因为蒲伯正在那边的床上躺着——就好像有什么地方不对劲，就好像文明人都不会这么做似的。“人人彼此相属……”她的声音突然弱化为一种几乎听不到、上气不接下气的咕咕声；她那张凹陷的嘴张开了，竭力呼吸，让肺里充满空气，但是她就像忘了如何呼吸一样；她想大喊——却没有发出任何声音，只能从她那双瞪大的眼睛里看出她在承受痛苦。她把双手放到喉咙那里，然后抓着空气——她再也无法呼吸的空气，对她来说已经不存在的空气。

野蛮人站起身，弯下腰看着她。“你说什么，琳达？你说什么？”他恳求道，好像在恳求她让他把疑虑放下。

她看着他，脸上露出一种难言的恐惧——恐惧，他觉得还有责备。她想坐起来，却重重地跌回到枕头上。她的脸极度扭曲变形，十分恐怖，嘴唇变成青紫色。

野蛮人转身朝病房那头跑去。

“快！快！”他大声喊道，“快！”

一群多生子围成一个圈，在玩找拉链的游戏，护士长站在中间，听到喊声朝四周看了看。起初还有些吃惊，但随即就转为不满。“别嚷！为孩子们想想。”她皱着眉头说，“你也许该被重设条件……可你在做什么？”他已冲进圈里。“小心！”一个孩子在哭号。

“快！快！”他一把抓住她的袖子，拽着她就朝前走，“快点！出事了。我把她杀死了。”

等他们回到病房的另外一头时，琳达已经死了。

野蛮人呆住了，一声不吭地站了一会儿，然后双膝跪在床边，双手掩面，无法自控地啜泣起来。

护士长犹豫不决地站在那里，一会儿看看在床边跪着的那个人①，一会儿又看看那些多生子②。此时，他们已经不玩找拉链的游戏了，正站在病房那头注视着这边，个个瞪大眼睛，抬着鼻孔，看着20号病床边发生的这恐怖一幕。她应该跟他说

① 好可耻的表现！

② 可怜的孩子们！

话吗？让他再次意识到自己的行为欠妥，让他再次变规矩吗？提醒他刚刚在什么地方吗？还是提醒他可能会给那些可怜的无辜孩子造成什么样的致命伤害？他大呼小叫的——就好像死亡是一件很可怕的事，别的人也像他一样把这件事看得这么重似的，这下孩子们被设定的死亡条件就都完蛋了，真是讨厌死了。经他这么一闹，说不定就会让孩子们觉得这是一件灾难性的事，让他们做出完全错误的、彻底反社会的反应。

她走到他跟前，用手碰了碰他的肩膀。“你动不了了吗？”她的声音很低沉，充满了怒气。可是，她朝四周一看，发现已经有六七个多生子站起身，朝着病房这边走过来了。那个圈子正在散开。再过一会儿……不，风险太大了；这群孩子又得重新做六七个月的死亡条件设定。她慌忙朝着那几个受她照管、陷入危险的孩子走去了。

“听着，谁想要巧克力松饼？”她用一种很快活的语调大声说道。

“我要！”整个波卡诺夫斯基小组齐声叫道。20号病床被彻底忘掉了。

“哦，天啊，天啊，天啊……”野蛮人一直在对自己这样说着。他满腹悲伤，心乱如麻，能说的就只有这个词。“天啊！”他轻声说道，“天啊……”

“他在说什么啊？”一个离他很近的声音这样说道，在超级女高音歌唱家沃利兹婉转而悠扬的歌声的衬托下，这个声音听起来又尖又清晰。

野蛮人猛地一惊，把捂着脸的双手拿开，朝四周看。5个身穿卡其色衣服的多生子，每一个的右手里都拿着一块长长的巧克力松饼，一模一样的脸上沾着油腻的液体状的巧克力，正站成一排，瞪大了哈巴狗一样的眼睛盯着他看。

他们与他对视着，咧着嘴笑了。其中一个用仅剩的一小段巧克力松饼指了指他。

“她死了吗？”那孩子问。

野蛮人默默地注视了他们一会儿。然后，他默默地站起身，又默默地朝门口走去了。

“她死了吗？”那个好奇心过重的多生子小跑着到他旁边问道。

野蛮人低下头看他一眼，仍是一句话也没说，把他推到了一边。孩子摔倒在地，马上开始哭号。野蛮人甚至连头都没回。

第十五章

公园巷弥留者医院共有 162 名下等德尔塔员工，这些员工分为两个波卡诺夫斯基小组，其中红发女员工 84 名，黑肤长脸男员工 78 名。下午 6 时，下班后，两个小组聚在医院小前厅，等着财务副主管助理发当天的苏摩。

野蛮人出了电梯，径直朝他们中间走去。但他的心思在别的地方——沉浸在死亡、悲伤和悔恨中，脸上没有任何表情，全然没有意识到自己在做什么，开始朝人群中间挤。

“你推谁呢？你想去哪儿？”

那么多的喉咙，只有两个发出了声音，一个高，在尖叫，一个低，在低吼。两张脸，一张秃顶，都是雀斑，被橘黄色的光圈环绕，像个月亮；另一张瘦削，尖嘴，像戴着一副鸟的面具，留着两天的胡子茬儿；两张脸无穷无尽地重现，仿佛无穷无尽地映照在一连串的镜子中，扭了过来，怒气冲冲地对着他。那些人在说话，在捅他的肋骨，在用胳膊肘推搡他，打破了他那失魂落魄的状态。他又一次清醒过来面对外部现实，朝周围看了看，知道自己看到了什么——他的心沉了下去，感到恐惧，感到恶心，他知道那是反复出现在他的夜梦中的狂喜，是梦魇般的长得一模一样的涌动的人群。多生子，多生子……他们曾像蛆虫那样，拖着肮脏的身体，滚过了琳达的尸床。此刻，他们再次变成蛆虫，不过他们长个子了，长到成蛆般大小，纷纷爬着，压过了他的悲伤和悔恨。他停住了脚步，站在人群中，用惊恐、困惑的目光打量着周围那些身穿卡其色制服的家伙。他比他们高出整整一头。“这里的好人多得不计其数！”这句歌词嘲弄着他，“人类有多美！哦，美丽新世界……”

“发苏摩啦！”一个很响亮的声音喊道，“请排好队。快点。”

一道门开了，有人抬出来一张桌子和一把椅子，放在小前厅里。声音是一个穿着时髦的阿尔法小伙子发出来的，就见他拿着一个黑色的铁皮钱箱进来了。从翘首以盼的多生子群中响起了一阵满意的咕哝声。他们的注意力此刻都集中在了小伙子放在桌子上的那个铁皮钱箱上，钱箱正在打开。盖子提起来了。

“哦——哦！”162个德尔塔齐声叫道，仿佛在看烟火表演。

小伙子拿出一堆小药瓶。“现在，”他命令道，“请上前来。一次一人，不要拥挤。”

真的是一次一人，没有拥挤，那群多生子听话地挨个走到前边。先是两个男员工，而后是一个女员工，接着是一个男员工，然后是三个女员工，然后……

野蛮人站在那里注视着这一幕。“哦，美丽新世界，哦，美丽新世界……”在他心中，这些唱词似乎变了调。它们嘲笑他的悲伤和悔恨，用冷嘲热讽的音符无情地嘲弄他！它们像恶魔在狞笑，它们贪婪地追求着卑鄙和肮脏，追求着令人恶心的可怕的噩梦。此刻，它们突然吹响了拿起武器的号角。“哦，美丽新世界！”米兰达正在正式宣称美丽可能会到来，我们甚至都有可能将噩梦变成某种美好和尊贵的东西。“哦，美丽新世界！”这是一个挑战，也是一个命令。

“听着，别挤，别挤！”财务副主管助理暴怒地大声喊道，他砰的一声关上钱箱盖子，“你们要是再这么闹我就不发啦。”

德尔塔们嘟囔了一会儿，彼此间又推搡了一会儿，安静了。威胁起了作用。没苏摩了——想想就好可怕！

“这样就好多了嘛。”小伙子说完重新打开钱箱盖子。

琳达曾是苏摩的奴隶，现在她死了；别的人应该自由地生活，这个世界应该变得美好。修复即责任。突然，野蛮人无比清楚地知道自己必须做什么了，就好像一扇百叶窗被推开了，一个窗帘被拉开了。

“现在。”财务副主管助理说道。

有一个身穿卡其色制服的女员工走了上去。

“停下！”野蛮人高声喊道，“停下！”

他挤过人群到了桌子跟前，德尔塔们吃惊地盯着他。

“哦，福特！”财务副主管助理低声叫道，“是野蛮人。”他害怕了。

“听着，我求你，”野蛮人认真地说道，“把你的耳朵借我用一下……”他以前从来没有在公开场合说过话，此刻发现很难说清自己想说的意思，“别吃那个可怕的东西，那是毒药，那是毒药。”

“听我说，野蛮人先生，”财务副主管助理用讨好的口气笑道，“能否允许我……”

“毒害灵魂，也毒害身体。”

“是的，不过请让我先把东西发完，好吗？你是个好人。”他带着十二分的小心，就像抚摸一头凶残的动物那样，轻轻拍着野蛮人的肩膀，“就让我……”

“没门！”野蛮人叫道。

“可你看看这里，老伙计……”

“把那东西扔掉，把那些可怕的东西统统扔掉！”

“把那些东西统统扔掉”这句话一下子刺穿了德尔塔们那层层包裹中的愚蠢大脑，快速地唤醒了他们的意识。一阵愤怒的咕哝声从人群中响起来了。

“我是来带给你们自由的，”野蛮人转身面对那些多生子说道，“我是来……”

财务副主管助理没有再听下去，而是偷偷溜出小前厅，在电话簿里寻找着一个号码。

“没在他自己房子里，”伯纳德总结道，“没在我房子里，也没在你房子里，阿佛洛狄特神堂里没有，学院中心也没有。他能去哪里呢？”

亥姆霍兹耸了耸肩。他们下班了，本以为能在他们通常见面的那几个地方找到他，却连个人影都没看到。他们还想着坐亥姆霍兹的 4 座运动直升机去比亚利兹喝酒呢。如果他不马上现身，他们吃晚饭就迟到了。

“我们再等他 5 分钟，”亥姆霍兹说，“他要是还不来，我们就……”

电话铃打断了他。他拿起听筒。“你好，请讲。”然后，听了好久才说，“天啊，福特在天！我马上到。”

“出什么事了？”伯纳德问。

“我认识公园巷医院的一个人，”亥姆霍兹说，“说野蛮人在那里，好像是疯了，反正情况挺紧急的。你愿意跟我一起吗？”

他们匆匆走过楼道，朝电梯去了。

“可是你们想当奴隶吗？”他们进医院的时候就听野蛮人正在这么说。他的脸涨红着，眼里闪着热情和愤怒的光。“你们想做婴儿吗？没错，婴儿。像小猫那样喵喵叫唤，又呕吐得一塌糊涂。”他补充道，他本来是拯救他们的，可这些家伙个个愚蠢透顶，这让他忍不住勃然大怒，用恶语侮辱他们。他们皮糙肉厚，这些侮辱性的话语扔到他们身上都被弹了起来，他们一脸茫然地看着他，眼里还喷射着蠢笨的怒火。“没错，吐得一塌糊涂！”他高声叫道。悲伤和悔恨，同情和责任——此刻统统被忘掉了，正如刚才那样，变成了一种强烈得令人无法忍受的仇恨，投向了这些连人都算不上的怪物。“你们就不想要自由、不想做人吗？你们连什么是人、什么是自由都不知道，是不是？”狂怒令他说起话来也变得利落了，那些如潮涌动着的句子很容易就说了出来。“你们不知道，是不是？”他又问了一遍，结果还是白问了，那帮蠢货根本不知道怎么回答。“那好吧，”他阴沉着脸，继续说，“我来教你们，不管你们想不想要自由，我都要给你们。”他推开一扇朝向医院内部的窗户，开始把大把的装满苏摩片的小药瓶朝里头扔。

那帮身穿卡其色制服的家伙看到这肆意胡为、亵渎神灵的一幕呆住了，用惊恐的目光看着他。

“他疯了，”伯纳德瞪大眼睛小声说道，“他们会杀死他的。他们会……”人群中突然响起一阵叫喊声，那帮家伙涌动着逼向野蛮人。“福特救他！”伯纳德叫道，不敢看这一幕了。

“福特帮助那些自救的人。”亥姆霍兹大笑着，真的是快活地大笑着挤进了人群。

“自由，自由！”野蛮人大声喊着，与此同时一只手继续朝医院里面扔苏摩，另一只手去揍那些逼过来的一模一样的脸蛋儿。“自由！”亥姆霍兹突然出现在他的身旁——“老亥姆霍兹，我的好伙计！”——也在揍那些脸蛋儿——“终于做人啦！”——叫喊的间隙又将一把把的毒药朝窗户外面扔。“是的，人！人！”毒药没有了，他拿起那个钱箱让他们看里面黑洞洞的空间，“你们自由啦！”

德尔塔们的怒吼声大了 4 倍，像饿狼一样猛扑过来。

伯纳德在战场边上犹豫，心想：“这下他们完蛋了。”他的心里突然涌出一阵冲动，赶紧跑上前去救他们，走到半路，又想了想，停了下来；然后，觉得自己这么做很丢人，就又迈步向前；然后又想了想，站在原地不动了，羞辱和犹豫不决使他陷入痛苦——觉得如果不去帮他们，他们就有可能被打死，如果去帮他们，他自己就有可能丧命——就在这时[①]，戴着防毒面具、瞪着眼睛、长着猪一样的鼻子的警察跑过来了。

伯纳德冲上前去迎他们。他挥舞着胳膊；他终于有所行动在做一些事了。他数次高呼“救命！”，喊得越来越大声，以给自己创造一种在帮忙的幻觉。“救命！救命！救命！”

警察把他推到一旁，去干活了。3个肩膀上绑着喷雾器的警察朝空气中喷射出浓浓的苏摩香雾。另有2个警察忙活着操控便携式合成音乐盒子。还有4个警察拿着灌满了高强度麻醉剂的水枪挤进人群，一股接一股，沉稳而有序地喷射那些越来越狂暴的斗殴者。

“快点，快点！”伯纳德大声喊道，“不然的话他们就被打死啦。他们就被……哦！”有个警察烦透了他，给了他一水枪。伯纳德晃晃悠悠地站了一两秒钟，感觉两条腿没了骨头一样，筋腱和肌肉也没了，变成了两根大果冻，最后连果冻也不见了——化成了水：突然踉踉跄跄地一屁股摔倒在地。

突然，合成音乐盒子里的一个声音开始说话。理性之声，幸福之声。原声带在合成反暴力二号演讲[②]中自动展开。那声音从一颗并不存在的心的最深处发出来，“我的朋友们，我的朋友们！”充满了怜悯之情，语调中又透着一种无限温柔的责备，甚至连戴着面具的那些警察一时间都被感动得泪眼模糊了，

① 感谢福特！

② 声音不算大，也不算小。

"你们这么做有什么意义？你们都不想幸福、不想做好人了吗？要幸福，要做好人，"那个声音重复道，"要平和，要平和。"那个声音颤抖了那么一下，变小了，变成了低语，并且一时间消失了。"哦，我真的想让你们幸福，"又说开了，但这次变严肃了，还透露着一种强烈的渴望，"我真的想让你们做好人！请你们，请你们做好人……"

只过了两分钟，那个声音和那些喷出的苏摩香雾就发挥了作用。德尔塔们满眼含泪，相互间又抱又亲——有六七个多生子还心领神会地抱成一团，甚至连亥姆霍兹和野蛮人也快哭了。财务副主管助理又拿了些药出来，匆匆发完，听着那个声音用深沉、饱含爱怜的语调发表告别辞，多生子们纷纷散了，一个个哭哭啼啼的，好像心都碎了。"再见了，我最最亲爱的朋友们，福特与你们同在！再见了，我最最亲爱的朋友们，福特与你们同在。再见了，我最最亲爱的，我最最亲爱的……"

最后一个德尔塔也走了，警察关掉音乐盒子，那个天国般的声音听不见了。

"你俩是乖乖跟我走呢？"警官问道，"还是让你俩尝点麻醉剂？"他端着水枪，指着他们威胁道。

"哦，我们乖乖跟你走。"野蛮人答道，交替摸了摸被割伤的嘴唇、被抓伤的脖子和一只被咬伤的左手。

还在用手帕捂住流血的鼻子的亥姆霍兹也确定地点了点头。

伯纳德此时已经苏醒过来了，两条腿也恢复了知觉，趁人不备，偷偷朝门口溜去。

"喂，你过来。"警官喊道，一个戴着猪脸面具的警察赶紧跑到屋子那头，把一只手搭在了小伙子的肩膀上。

伯纳德转过身去，脸上露着愤怒和无辜。逃跑？他根本没这么想过。“你想干吗？”他对警官说，“我真的想不到。”

“你是这俩犯人的朋友，对吗？”

“这个……”伯纳德犹豫了，不行，他不能否认这一点，“我怎么就不能是呢？”他问。

“那就走吧。”警官说完就领着他朝门口在那里等着的警车走去。

第十六章

三人被带进了主席书房。

“主席阁下稍后就下来。”伽马男仆走了，屋里就剩下了他们三个。

亥姆霍兹哈哈大笑起来。

“与其说是审判，倒不如说是来参加一场咖啡因药水吸食派对。”说完就让自己舒舒服服地陷进了那些充气沙发中最奢华的那个里头。“高兴点，伯纳德。”瞧见朋友的脸成了苦瓜，他又这样说道。但伯纳德怎么都高兴不起来，什么也没说，甚至连看也没看亥姆霍兹一眼，就在屋子里找了把最不舒服的椅子坐下了。这个座位可是精挑细选的，虽说希望不大，可他还是希望主席一会儿不要发那么大的火。

此时，野蛮人正不安地在屋里瞎转，看样子好像有点好奇，注视着书架上的书、原声带卷和放在编好号的鸽子笼式文件架上的阅读机线轴。窗户下面的桌子上放着一本大部头的书，是用柔软的黑色仿皮装订的，封面上印着一个大大的金色的 T 字。

他拿起来，打开了。书名是《我的一生及成就》，我主福特著。书是由福特知识宣传协会在底特律出版的。他随便翻了翻，这里读一句，那里来一段，刚放下，觉得这书不合他的胃口，就见门开了，常驻西欧的统治者昂首阔步走了进来。

穆斯塔法·蒙德与他们三人一一握手，但在野蛮人看来，他只是在做自我介绍。“这么说你不太喜欢文明生活了，野蛮人先生。”他说。

野蛮人看着他。他本打算撒谎，气势汹汹地说一通，然后沉下脸再也不说话，可一看到主席那张快活的脸，人看上去又是那么智慧，索性放弃了这个想法，安下心来，决定实话实说。“是的。”他摇了摇头。

伯纳德大吃一惊，看起来非常恐惧。主席会怎么想？野蛮人可是他的朋友啊，可这会儿他的这个朋友竟然说不喜欢文明生活——还是公开对主席说的——太可怕了吧。“可是，约翰……”他开口说道。穆斯塔法·蒙德看了他一眼，他露出一副奴性的表情，不敢说了。

“当然了，”野蛮人继续直言不讳地说道，“有些东西还不错。比如弥漫在空气中的那种音乐……”

“有时候有数千件乐器在我的耳边嘣嘣直响，有时候又会有一些美妙的人声。”

野蛮人突然高兴了，快乐的光荡漾在脸上。“你也读莎士比亚啊？”他问，“我还以为在英国没人知道这书呢。”

“几乎没人知道。知道的没几个，我就是其中一个。是禁书，知道吧。可法律是我制定的，我也有权废除它们。并且不会受到任何惩罚，马克思先生，”他扭过头去看着伯纳德补充道，“恐怕你不敢这么干吧。”

伯纳德比刚才更丧气、更痛苦了。

“为什么不让人看？”野蛮人问。跟一个读过莎士比亚的人见着了，他就兴奋地把其他的事都忘了。

主席耸耸肩膀。“因为书太老啦，主要就是因为这个。老东西在我们这里一点用也没有。”

“美的也没用吗？”

“特别是美的东西。美能吸引人，我们不想让人们被老东西吸引。我们想让他们喜欢新东西。”

“可新东西又蠢又可怕。就说那些戏剧吧，除了直升机飞来飞去，总觉得人们在亲嘴，就什么东西也没有啦。”他做了个鬼脸，“都是山羊和猴子！”只有在《奥赛罗》中才能找到合适的话语表达他的鄙夷和愤怒。

“都是驯化的动物，还不错。”主席咕哝着解释道。

“你为什么不让人们看《奥赛罗》？”

“我不是跟你说了吗，太老啦。另外，他们也看不懂。”

没错，这一点倒是真的。他想起了亥姆霍兹是怎么嘲笑《罗密欧与朱丽叶》的。“嗯，那，”他停顿了一会儿，继续说，“有些和《奥赛罗》差不多的东西，他们应该能看懂的。”

“我们一直想写的就是这些东西。”长时间没有说话的亥姆霍兹开口说道。

“这种东西你永远也写不出来。”主席说，“因为，如果真能写成《奥赛罗》那样，就没人能看懂了，别管有多新。只要是新的，就成不了《奥赛罗》。”

“为什么不能？”

“是的，为什么不能？”亥姆霍兹重复道。他也在忘记此刻他们所面对的糟糕现实。只有让焦虑和恐惧搞得脸都绿了的伯纳德还能记得起来，可他们都不搭理他。“为什么不能？”

“因为我们的世界和《奥赛罗》的世界不一样了嘛。没有钢，汽车就造不出来——社会稳定就写不出悲剧。现在世界很稳定。人们很快乐，要什么有什么，得不到的东西根本不想要。他们过得挺好，生活得很安定，从不生病，也不怕死，不知道激情和衰老是怎么回事，活得很痛快，没有父母添麻烦，没有妻子，没有孩子，也没有深爱的恋人，都给他们设定好条件了，得按规矩做事，不这么干也得这么干。万一有些地方出了问题，不是还有苏摩吗。就是你以自由的名义抓起来就朝窗户外头扔的那些东西，野蛮人先生。自由！”他哈哈一笑，“还想让德尔塔们知道自由是怎么回事！现在又想让他们读《奥赛罗》！我的乖孩子啊！”

野蛮人沉默了一会儿，又固执地说：“可《奥赛罗》还是不错的。《奥赛罗》比那些感官片好。”

主席也认同这种看法：“当然好啦。不过话说回来，要稳定就得付出这样的代价。你得在幸福和人们过去常说的高雅艺术之间做出选择。我们牺牲了高雅艺术。我们有感官片和喷香萨克斯就行了。”

“可这些东西没有任何意义。”

“它们本身就是意义，观众看了会觉得很爽，这就够了。”

“可它们……它们都是一个白痴写的。”

主席大笑。“你对你的朋友沃森先生可不太友好哦，他可是我们这里最杰出的情感工程师之一……”

亥姆霍兹阴沉着脸说:“可他说的没错啊。这种东西很白痴，写不出来硬写……”

“完全正确，但这东西这种事需要极高的天赋。你的工作就相当于在用最少量的钢材造汽车——艺术并非源于生活，而是纯粹的感觉。”

野蛮人摇摇头，说道：“我怎么总觉得这种说法好可怕。”

“当然可怕啦。真正的幸福同过度的痛苦相比总是显得很卑贱的。当然了，稳定和动荡相比也显得不是那么壮观。与不幸苦战的场面总是很吸引人的，与诱惑抗争的情景有一种野性的美，受到激情或者疑虑致命打击的场面更为悲壮，要想心满意足地过日子，这些东西根本体会不到。幸福永远没什么意思。”

野蛮人沉默了一会儿，说道：“我不这么看。是不是非得像那些多生子一样过一种凄惨无比的日子？”他想起了组装工作台旁边那些排成长队长得一模一样的侏儒，想起了布伦特福特单轨火车站进站口那一群群排队的多生子，想起了围拢在琳达尸床旁边那些蛆虫般的孩子，又想起了刚才想要打死他的那些家伙无穷无尽重现的脸，他用手擦了擦眼睛，想把这些东西统统擦掉。他看了一眼缠着绷带的左手，打了个寒战。“太可怕了！”

“可是也很管用啊！我能看出来你不喜欢我们的波卡诺夫斯基小组，不过，我想对你澄清的是，除了我们刚才聊的那些所谓的高雅艺术，别的事情可都是他们做的。他们就像陀螺仪，能够让火箭飞机永远沿着预定轨道运行，不会有任何偏离。”这个低沉的声音颤抖着，一只手也在不停比画，描述着整个宇宙和那个凶猛得无法阻挡的机器向前冲的情景。穆斯塔法·蒙德的口才几乎已达到了合成声音器的标准。

野蛮人说：“我一直在想你为什么都让他们——既然你想要什么东西都能从那些瓶子里得到。我是说，你是一个阿尔法双加，你为什么不把别人也变得像你一样呢？”

穆斯塔法·蒙德笑道：“因为我们不想让别人割断我们的喉管。我们信奉的是幸福和稳定。一个社会，人人都是阿尔法，必然会带来动荡和痛苦。试想一下，一座工厂，工人都是阿尔法——也就是说，被一帮有独立个性、优秀遗传因素，又设定了良好条件的个体控制，而这些人能够[①]自由地做出选择，承担责任。试想一下吧！”他重复道。

野蛮人想了想，却想得不太成功。

“荒唐透顶。一个人像阿尔法那样被换瓶，被设定好了条件，这样的人去做伊普西龙半白痴的工作会疯掉——要么发疯，要么把事情搞得乱七八糟。阿尔法可以变得完全社会性——不过你只有让他们做阿尔法的工作才能实现这一点。伊普西龙只能做伊普西龙式的牺牲，其实在他们看来这也算不上什么牺牲，他们对牺牲抵抗力最小。给他们设定好条件，就像铺了一层铁

---

① 在一定限度内。

轨，他们沿着铁轨跑就是了。他们没办法选择，这辈子就这样了。就算换了瓶，也得在另外一个瓶子里待着——一个无形的瓶子，他们就像小孩子一样，身体智力各方面发育得都很差劲，这辈子就在里面待着了。当然了，每一个人，”主席沉思片刻，接着说，“都是在一个瓶子里度过这一生的。不过呢，如果我们碰巧是阿尔法，相对来说，我们那个瓶子就大。我们要是被限定在一个狭窄的空间里，这一生就要承受极大的苦难。把上等人的代香槟倒进下等人的瓶子里是不行的。在理论上显然是行不通的，而这一点在实际操作中也得到了证明。塞浦路斯培育中心做的那个实验的结果是很有说服力的。”

野蛮人问道：“什么实验？”

穆斯塔法·蒙德一笑。“这个嘛，叫重新装瓶实验也可以。福特 473 年做的。当时的几位世界领袖把塞浦路斯岛彻底清理干净了，原住民都给弄走了，又把特别准备的 22000 个阿尔法派到那里重新开拓殖民地。各类农业和工业设备都交给他们，之后他们就自己当家作主啦。结果和理论上预测的一模一样。那个地方被弄得乱七八糟，不成个样子，每家工厂都有工人罢工，法律也完蛋了，没人守规矩，有些人的工作很低级，就一直想搞点阴谋诡计，把高等职业弄到手，而那些从事高等职业的人就想尽一切办法保住位子。还不到 6 年他们就搞了一场一流的内战。当初去的时候有 22 万人，这一仗就干死了 19 万，活下来的那些人一致恳求各位世界领袖继续管理这个岛。他们就接着管。这么一闹，全世界的人就都看清了，一个由阿尔法组成的社会到最后会烂成什么样子。”

野蛮人深深地叹了口气。

穆斯塔法·蒙德说："最理想的人口组成就是所谓的冰山模式——98% 在水面以下，2% 在水面以上。"

"水面下的那些人过得幸福吗？"

"过得比上面那些人都爽。打个比方，比你的这两位朋友过得都爽。"他指了指亥姆霍兹和伯纳德。

"干那么烂的活儿过得也爽？"

"烂？他们可不觉得。恰恰相反，他们还挺喜欢干呢。活儿不累，还简单。不用动脑子，也不用卖力气。轻轻松松地干 7.5 小时，下班后分点苏摩，打打球，玩点游戏，想和谁在一起就和谁在一起，感官片随便看。他们还有什么不满足的？当然了，"他补充道，"他们想要更短的工作时间。我们当然可以给他们更短的工作时间啦。从技术上讲，把每天的低等工作时间压缩到 4 个小时也不是没可能。可是这么一弄，他们就会更幸福吗？不见得。这方面的实验一个半世纪以前就搞过了。结果怎样？人们都变得不安分了，苏摩消耗量也是逐步增大，就这样而已。空出来的那 3.5 小时根本不是幸福的来源，人们用这点时间去度假，回来反倒觉得不舒服。发明部里各种各样省时省力的计划都塞满了，有好几千个。"穆斯塔法·蒙德大手一挥，继续说道，"为什么不实施？还不是为了工人着想，让他们忍受过度悠闲的折磨是一种残忍的做法。农业也一样。如果我们想，吃到嘴里的每一口食物都能合成。但我们没这么干。我们更愿意让三分之一的人口从事农业生产。也是为了他们好——因为从地里获取食物的时间比从工厂要久。另外，我们还得考虑稳定问题。我们不想改变，每一次改变都是对稳定的威胁。我们在应用新发明上慎重再慎重，这便又是一个原因。每一次纯粹的科学发现都有潜在的破坏性，就连科学有时候也必须被当作一种潜在的敌人看待。没错，就连科学也是这样。”

科学？野蛮人一皱眉。他知道这个词。至于这个词是什么意思，他是说不出来的。莎士比亚和马佩斯村里的那位老者从来没提过科学这回事，琳达只是给过他一些模糊的提示：科学可以用来造直升机，还可以让你在看跳玉米舞的时候大笑，还能防止长皱纹、掉牙。他使劲想主席说的意思。

穆斯塔法·蒙德说：“没错，这又是维护稳定的一个代价。同幸福无法和谐相处的不只是艺术，科学也不行。科学是危险的，我们得保持高度戒备，用锁链把它捆起来，闷死它。”

亥姆霍兹吃惊地说道：“什么？可我们总在说科学就是一切。那早就是睡眠教育的陈词滥调了。”

伯纳德插嘴道：“从 13 岁到 17 岁，每周 3 次。”

“还有上大学时我们搞的那些科学宣传……”

穆斯塔法·蒙德讥讽道：“你俩说得都对。但科学也分很多种，你们指的是哪一种？你们根本就没接受过科学训练嘛，无法评判嘛。我研究了一辈子物理，算得上是一位很出色的物理学家。太出色了——能看出来我们的一切科学不过是一本烹饪书和一张菜单，书中烧菜的理论都是很正统的，不允许别人提出任何疑问，至于那张菜单，不经过厨师长的特别许可，谁都不能在上面添加菜名。我现在就是厨师长。我年轻的时候在饭店干过粗活，给厨师打过下手，但我这个人勤奋好问。我开始自己学着做菜。我的厨艺都是非正统的、不合法的。其实渗透了一点科学。”他不说了。

亥姆霍兹·沃森问：“结果怎么样了？”

主席叹道：“跟你们这几个年轻人今天的遭遇很像，当时我就要被发配到一个小岛上去了。”

伯纳德听了这话浑身就像过电似的忍不住搞起了一些疯狂、不得体的动作。“把我发配到岛上？”他蹿起来，快步走到房间另外一头，站在主席跟前不停做动作，“你不能把我弄到那里去，我什么也没干，都是别人干的。我敢说都是别人干的。”他指责亥姆霍兹和野蛮人，“哦，求你了，别把我发配到岛上。我发誓本本分分做人，再给我一次机会吧。求你了，再给我一次机会吧。”他的眼泪开始往下流。“实话告诉你吧，都是他俩的错，”他啜泣道，“我不要去冰岛。哦，求你了，福特阁下，求你了……”他就像狗一样咕咚一声跪倒在主席面前。穆斯塔法·蒙德想把他搀起来，可他死活不肯，也不嫌累，一个劲儿地说好话。最后，主席没办法了，只好打电话叫来了他的第 4 秘书。

主席命令道：“带 3 个人过来，把马克思先生抬到卧室去。让他好好吸吸苏摩香雾，再把他抬到床上，让他一个人睡一觉。”

第4秘书出去带了3个穿绿制服的多生子回来，把还在叫唤、啜泣的伯纳德硬抬了出去。

门关上的时候，主席说道：“人们以为他会被割喉呢。然而，但凡他有一丁点儿脑子，也会知道对他的惩罚其实是一种奖励。把他送到岛上，他就能见着全世界那些最有意思的男男女女了。

这些人个性太强，自我意识太强，无法融入社会。这些人都看不惯老一套，都有各自独立的想法。一句话，个个都是重要人物。我几乎都要妒忌你了，沃森先生。”

亥姆霍兹笑道：“那你自己为什么不去岛上？”

主席答道：“因为我还是更喜欢这边。当时我有两个选择：一个是去岛上，继续我的纯科学研究，另一个是进入主席委员会，以后有合适的机会弄个主席当当。我选择了后者，放弃了科学。”他停顿了一会儿，又说，“我有时候会为自己当初放弃科学研究懊悔不已。幸福这个主人挺难伺候的——伺候别人的幸福尤其难做到。要是不设好条件，没有任何疑虑地接受它，就会发现它比真理还难伺候得多。”他叹了口气，又沉默了，然后换了一种快活的语调，接着说，“责任就是责任，不能受到个人偏爱的左右。我对真理挺有兴趣，又喜欢科学，但真理是一种威胁，科学又对公众有害，害处和好处差不多。科学让我们能拥有世界上最稳定的平衡。跟我们比起来，中国就成了极不安全的国家；就连那些原始的母权制部落也没有我们稳定。我再说一遍，这都是科学的功劳，但我们不能让科学毁掉它自己做的好事。这就是小心翼翼地限定科学研究范围的原因——也是我差点被流放到岛上的原因。我们除了让它处理当务之急的问题，别的事情一概不让它插手。其他一切研究都被最无情地压制着。奇怪的是，”他停顿片刻继续说，“在福特年代，还是有人经常写什么科学进步的文章。这些人好像觉得，虽然有那么多的限制，可我们还是会允许他们无休无止地这么干下去。知识是至善，真理最有价值，至于其他的都属二流，都是次品。

没错，甚至在那个时候各种观念和想法也开始发生变化。我主福特自己就曾努力把关注的重点从真理和美转移到了舒适和幸福上。大规模生产需要这种转变。全民幸福能让车轮保持稳定运转，真理和美做不到这一点。当然了，大众一旦掌权，重要的就不是真理和美，而是幸福了。即便这样，科学研究还是可以搞的，没有任何限制。人们依然谈论真理和美，就好像这两样东西是至善。这种状况一直持续到九年战争时期。这一仗让他们彻底转变了观念。炭疽炸弹在周围纷纷爆炸，那时候还关心真理和美有什么用？科学研究第一次受到控制就是从那个时候开始的——九年战争打完以后。那时候人们甚至都愿意饿肚子呢。不管是什么，不管做什么，只要能踏踏实实地过日子就行。我们就是从那个时候一直统治到现在的。当然了，这对真理不太好，却对幸福很有好处。幸福不是天上掉下来的。要想幸福就得付出代价。你就正在为幸福付出代价，沃森先生——因为你碰巧对美过于感兴趣。我也曾对真理过于感兴趣，也曾付出代价。”

野蛮人很久都没有说话，此时开口说道：“但你没去岛上。”

主席笑道：“我就是付出了没有去的代价。我选择为幸福服务。别人的幸福——不是我自己的幸福。幸好，”他停顿了一会儿，继续说，“世界上有那么多的岛。缺了它们我不知道我们该如何是好。我想就得把你们都关进毒气室。对了，沃森先生，你喜欢赤道气候吗？比如马克萨斯群岛或者萨摩亚群岛？要么就去个更刺激的地方？”

亥姆霍兹从充气沙发上站了起来，答道：“我喜欢极其恶劣的气候。我觉得恶劣的气候能让我写得更好，比如狂风暴雨时常肆虐的地方……”

主席赞同地点了点头，说道：“我喜欢你这种精神，沃森先生。其实，我也很喜欢恶劣的天气，喜欢的程度就跟我厌恶它的程度一样。”他笑了笑，又说，“福克兰群岛怎么样？”

亥姆霍兹答道：“不错，我觉得可以。现在，如果你不介意的话，我要去看看可怜的伯纳德怎么样了。”

第十七章

屋里就剩下他们两个人了，野蛮人说："艺术，科学——你好像为你的幸福付出了很大的代价。还有别的吗？"

主席答道："这个嘛，当然还有宗教。过去有种东西，叫宗教——九年战争以前。但我现在忘了，我想你对上帝无所不知吧。"

"这个……"野蛮人犹豫了。他本想说说孤独，说说夜晚，说说月光下苍白的平顶山，说说悬崖，说说冲入黑暗，说说死亡。他想说，却说不出来。甚至在莎士比亚的著作中也找不到合适的词。

此时，主席已走到屋子另一头，正打开一个嵌入书架中间墙壁的大保险柜。沉重的门被打开了。里头很黑，他一边在里面摸索一边说："我对这个主题一直挺感兴趣的。"说着抽出一本黑封皮的厚书，"就说这本吧，你绝对没读过。"

野蛮人接过那本书，大声读着封面上的字："《圣经·旧约新约全书》。"

“也不是这本。”那是一本小书，封皮都没了。

“《效法基督》。”

“也不是这本。”他又递过来一本。

“《宗教体验种种》，威廉·詹姆斯著。”

穆斯塔法·蒙德重新坐下之后，继续说：“我的藏书还有很多。整套的古旧黄书我都有。上帝在保险柜里，福特在书架上。”他笑着指着他口中的这间图书馆——指了指那几书架的书、堆满了阅读机线轴的架子和原声带。

野蛮人生气地说：“既然你知道上帝是怎么回事，为什么不跟他们说呢？你为什么不把这些写上帝的书给他们看呢？”

“就跟我们不让他们看《奥赛罗》一样：太老了，说的都是数百年前那个上帝的事。不是现在的上帝。”

“可上帝是不会变的啊。”

“但人会变。”

“有区别吗？”

穆斯塔法·蒙德又站了起来，走到了那个保险柜跟前，说：“区别大了。有个叫纽曼的红衣主教。红衣主教，”他大声解释道，“就是首席社会男歌唱家那样的人物。”

“‘我，潘杜夫，美丽的米兰的红衣主教。’我在莎士比亚的书中读过。”

“你当然读过啦。嗯，我刚才说了，有个叫纽曼的红衣主教。啊，就是这本。”他把书抽了出来，“我说说纽曼，也说说这本书。这书是一个叫梅因·德·比朗的人写的，是个哲学家。你知道哲学家是怎么回事吧？”

野蛮人赶忙说："就是那种整天梦想比天地间的事还要多的事的人。"

"的确如此，过一会儿我跟你说说他梦想到的一件事，这会儿先听听这个首席社会老歌唱家写的东西。"书里夹着一片纸，他翻开夹着纸的地方，开始读："'其实，我们并不是我们自己，正如我们拥有的东西并不是我们自己的。我们无法创造自己，我们无法超越自己。我们并不是自己的主人，我们是上帝的财产。我们这样看待这件事不是很幸福吗？想到我们并不是我们自己不是一件幸福或者安慰的事吗？年轻人或者成功的人会这样想。这些人也许会认为[①]，通过个人努力拥有这一切是一件很了不起的事——看不到的东西不去想，不汲取新知识，不祈祷，做事时永远不考虑他人的感受。但随着时间的推移，他们[②]就会发现独立并不是为人类创造的——独立并不是一种自然的状态——独立或许一时有用，却无法让我们平安地抵达生命的终点……'"穆斯塔法·蒙德不读了，把书放下，拿起另外一本，翻了几页。"比如说这个，"他用深沉的声音再次读起来，"'人老了，会觉得自己很虚弱，很没精神，很不舒服[③]，恐慌地认为这种糟糕状况的出现是有原因的，是不是哪里得了病，想要把病治好。纯属妄想！这种病就是衰老，很可怕。有人说，出

① 正如他们料想的那样。

② 正如所有的人。

③ 其实这是老年人常有的状态。

于对死亡或者死后的恐惧，人岁数大了就会皈依宗教。但我的个人经验使我深信，除了我上面说的那些恐惧和想象，人随着年龄的变大宗教情愫会逐步变得浓厚；因为随着激情的慢慢平复，随着想象力和敏感性越来越差劲，我们的理智在发挥作用时受到的困扰会越来越少，会越来越少地受到想象、欲望和欢悦的阻碍，要知道过去我们可是死死抓住这些东西不放的；这时候，上帝就从云层后面现身了；我们的灵魂感觉到了、看到了，也在转身迎合那个光源；是一种很自然、不可避免的转身；因为现在曾赋予感官世界以生命和魅力的一切已经开始在远离我们，那种异乎寻常的存在已经不受内、外部印象的支撑，我们想依靠某种现成的东西，不会耍我们的东西——现实，一种绝对的永恒的真理。没错，此时我们就不可避免地皈依宗教了；因为这种宗教的情愫本质上对灵魂而言是极其纯粹、极其可爱的，足以弥补我们失去的一切。’”穆斯塔法·蒙德合上书，坐在椅子上朝后一靠。“天地间有那么多的事，有一件是这些科学家没有梦想到的，”[①]“也就是我们，现在这个世界。‘年轻时、成功时可以不依靠上帝，独立并不会让你平安地抵达生命的终点。’嗯，我们现在可以让你永葆青春和成功一直到死亡。然后怎么样？很明显的嘛，我们就用不着上帝啦。‘宗教情愫会弥补我们的一切损失。’可我们没有任何损失，弥补什么？根本用不着什么宗教情愫。年轻的欲望永不衰竭，追求年轻欲

---

① 他一摆手。

望的替代品又有何用？古老的蠢事我们能干到死，还要娱乐的替代品干吗？我们的心身一直保持在活跃、欢愉状态，要那么平静干吗？我们都有苏摩了，还要安慰干吗？社会井然有序，还要永恒干吗？”

“这么说你觉得上帝并不存在了？”

“不，我觉得上帝很有可能存在。”

“那你为什么……”

穆斯塔法·蒙德突然打断了他，说道：“但上帝以不同的面貌示人，人不同，看到的上帝的样子也不同。在前现代，他的形象就和这些书中描述的一样。现在嘛……”

野蛮人问：“他现在是什么形象？”

“唉，上帝缺席了，好像上帝并不存在。”

“这都是你的错。”

“应该说是文明的错。上帝与机械、科学药物和全民幸福并不相容。你得做出选择。我们的文明选择的是机械和幸福。因此我才把这些书锁进保险柜。写得太淫秽了。人们看了会震惊的……”

野蛮人打断了他，说道：“心中有上帝不是挺自然的一件事吗？”

主席讽刺道：“你还不如问拉裤子上的拉链是不是挺自然的一件事呢。经你这么一问，我倒想起一个叫布拉德利的老家伙来。这人觉得哲学就是为一个人凭直觉相信的那些东西寻找蹩脚的理由。说的就跟一个人无论做什么事都凭直觉似的！一个人相信什么，是因为给他设定好了相信那些东西的条件。为一个人基于蹩脚的理由相信的某种东西找理由——这就是哲学。人们信仰上帝，是因为被设定了信仰上帝的条件。”

野蛮人还不死心，又说：“可是一个人在孤独的时候——特别孤独的时候，在夜里，想死亡这件事的时候，信仰上帝是很自然的啊。”

穆斯塔法·蒙德说：“但我们这里的人从不孤独。我们让他们仇恨孤独，我们安排他们的生活，他们几乎不会有这种感觉。”

野蛮人悲伤地点了点头。在马佩斯，他痛苦，是因为人家不让他参加村里的一切公共活动；在文明的伦敦，他痛苦，是因为他永远无法躲避那些公共活动，永远也不得安宁。

野蛮人最后说：“你还记得《李尔王》中的那段话吗？‘众神是公正的，把我们的淫乐变作惩罚我们的手段，在那个黑暗、肮脏的地方生下了你，结果搞瞎了眼睛。’埃德蒙答道——你还记得吧，他受伤了，快死了——‘你说得没错，真的是这么回事。车轮兜了个圈子又回到了原地，我就在这里了。’你现在有什么感觉？这说的不就是上帝掌管事物、奖罚分明的事吗？”

这次轮到主席发问了：“哦，有吗？你跟一个不孕女想怎么搞就怎么搞，也不用担心自己的眼珠子被你儿子的情妇挖出来。‘车轮兜了个圈子又回到了原地，我就在这里了。’可埃德蒙如今哪里去了？坐在一张充气沙发上，搂着一个姑娘的柳腰，舒舒服服地嚼着性激素口香糖，美滋滋地欣赏着感官片。众神都是公正的，这一点毫无疑问。但他们的律法归根结底都是社会的组织者口授的，上帝也要听人指挥。”

野蛮人问："是吗？你不觉得坐在充气沙发上的那个埃德蒙就是最后遭受重罚、流血而死的那个埃德蒙吗？众神是公正的。他们没把他的淫乐变作降低他身份的工具吗？”

“从哪里降？他幸福，努力工作，消费的东西又不少，堪称完美公民。当然了，如果你要采取异于我们的标准来衡量，或许会说他被降低了身份。可你得依照一系列的先决条件行事。你不能用离心九孔的游戏规则打电磁高尔夫。”

野蛮人说："但价值不能由个人偏见决定。评判价值时，既要考虑到价值本身的珍贵性，又要考虑到获得价值的那个人的价值和高尚品质。”

穆斯塔法·蒙德反驳道："快得了吧，快得了吧，都跑题啦，是不是？”

“心中有上帝就不会被淫乐污损身份，就有了忍耐和勇敢做事的理由。我在印第安人身上看到了这一点。”

穆斯塔法·蒙德说："你肯定看过。可我们不是印第安人。文明人没必要承受任何痛苦。说到做事——哦，福特，这家伙都想这个了。如果人们都凭各自意愿做事，整个社会就乱套了。”

“忘我呢？心中有上帝就有了忘我的理由。”

“没有忘我这东西，工业文明才有可能实现。要尽情放纵，只要不把身体搞死，不破产就行。不这样社会的车轮就会停止转动。”

“你得考虑到禁欲！”野蛮人叫道。说这话的时候，脸还有点红。

“但禁欲意味着激情，禁欲意味着神经衰弱。激情和神经衰弱又意味着动荡。动荡又意味着文明的终结。没有足够多的淫乐，文明维持不了多长时间。”

“但一切高尚、美好和勇敢的事都源于上帝的存在。如果你心中有上帝……”

穆斯塔法说：“我亲爱的小朋友，文明根本用不着什么高尚和勇敢嘛。这些东西都是领导不力的表现。在一个井然有序的社会中，比如我们这个吧，想干点高尚或者勇敢的事根本不可能。只有整个社会完全陷入动荡的时候才会出现这种情况。只有在打仗的时候、人心分裂的时候、抵制诱惑的时候、争夺或者保护心爱之人的时候——高尚和勇敢显然才有些意义。但现在连战争的影子都看不到。各种防护措施都做到位了，你是不会深爱上哪个人的。根本就不存在人心分裂这回事，都设定好条件了，该做什么不由自主地就去做了。总的看来，该做的那些事都爽得不得了，很多原始的冲动想释放就释放，根本不存在什么应该抵制的诱惑。就算时运不济，碰到了一些不顺心的事，哦，不是还有苏摩吗？吃点就能忘掉痛苦的现实。总有苏摩帮你消气，让你跟敌人和好，让你变得坚忍。过去做这些事要费很大的力气，不经过几年艰苦的道德锤炼绝对不行。现在情况不一样了，半克重的苏摩吃上两三片，一切问题就都解决啦。现在，高尚是个人就能做到。把至少一半的道德装进瓶子里可以带着到处走啦。没有眼泪的基督教——这就是苏摩。”

“但眼泪是有必要的。你忘了奥赛罗是怎么说的了吗？‘若每次风暴过后都是如此平静，那就让风尽情吹吧，直到把死亡唤醒。’一位印第安老者过去常给我们讲一个叫马萨姬的姑娘的故事。想娶她的小伙子们得拿着锄头在她的花园里锄一上午地。听着容易，却有成群的苍蝇、蚊子骚扰你、叮你，并且那些虫子又都有魔力。大部分的小伙子都受不了那种叮咬，但是受得了那种叮咬的那个小伙子——得到了那位姑娘。”

主席说：“这故事真棒！但是在文明国家，如果你想要哪位姑娘，根本用不着为她锄地，也没有苍蝇、蚊子叮咬你。好几个世纪以前我们就把它们消灭得干干净净了。”

野蛮人点点头，皱着眉头说道：“你们把它们消灭得干干净净了。没错，这就是你们的做派。把不喜欢的东西统统干掉，而不是学着去适应它们。用高尚的方式，默默忍受残酷命运投石器和毒箭的攻击，或者拿起武器勇于面对无数的麻烦却拒绝消灭它们……但这两件事你们一件也没做。既没有忍受也没有反抗。你们只是把那些投石器和毒箭消灭得一干二净。这么做实在太容易了。”

他突然沉默了，想起了他的母亲。琳达在她 37 层的房间里曾在海上漂浮，那片海里有歌声、有灯光、有香雾，还有温柔的抚摸——她飘走了，飘出了时空，飘出了由她的记忆、习惯、衰老和臃肿的身体所搭建的那座监狱。培育所与条件设定中心原主任托马金仍在度假——逃离了羞辱和痛苦的折磨，去了另外一个世界，他在那里听不到那些话，听不到那种嘲笑，看不到那张丑陋的脸，感觉不到那双又湿又松垮的胳膊搂着他的脖子，他在那个美丽的世界里……

野蛮人接着说：“你们需要改变，需要某种能够让你们流泪的东西。这里的东西哪一样都没有眼泪值钱。”①

“面对死亡，面对生命中的种种不确定的元素，敢于赴死，敢于面对危险，就为了争夺那一小片地方。这么做就没有意义吗？”他抬起头看着穆斯塔法·蒙德说道。“除了上帝——当然了，上帝是这么做的一个理由。过危险的生活就没有任何意义吗？”

主席答道：“很有意义。无论男人还是女人，都必须不时让肾上腺受点刺激。”

野蛮人不解地问：“你说什么？”

“保证身体绝对健康的一个条件。因此我们才强制人们接受激代治疗。”

“激代治疗？”

“就是激情替代治疗。每月一次。我们让肾上腺素灌满整个生理系统，在生理上完全可以替代恐惧和愤怒，产生的滋补效果完全等同于杀死黛斯德蒙娜和被奥赛罗杀死，却没有任何不方便的地方。”

“可我喜欢不方便。”

“我们不喜欢。”主席说道，“我们更愿意轻轻松松地做事。”

“可我不想轻松。我渴望上帝，我渴望诗歌，我渴望真正的危险，我渴望自由，我渴望善良，我渴望罪恶。”

---

① “1250 万美元。”野蛮人跟亨利·福斯特说上面那句话的时候，后者这样反驳道，“1250 万美元——这座新建成的条件设定中心就值这么多钱。一分也不能少。”

穆斯塔法·蒙德说道："其实你在索要不幸福的权利。"

野蛮人针锋相对地说："既然你这么说，那好吧，我就是在索要不幸福的权利。"

"除了这个，还有变老、变丑、变虚弱的权利；患梅毒和癌症的权利；饿肚子的权利；浑身长虱子的权利；战战兢兢过日子的权利；患伤寒的权利；被每一种无法形容的疼痛折磨的权利。"

一阵长久的沉默。

野蛮人终于说道："这些我都要。"

穆斯塔法·蒙德耸耸肩说道："那好吧。"

第十八章

门开着一道缝，他俩进了屋。

“约翰！”

从浴室里传来一个叫人不快且特别的声音。

亥姆霍兹喊道：“出什么事了吗？”

没人说话。那个叫人不快的声音又响了，响了两次，没声了。然后，咔嗒一声，浴室门开了，面色苍白的野蛮人出来了。

亥姆霍兹担忧地叫道：“我看你气色很差，约翰。”

伯纳德问：“你吃了什么不对劲的东西吗？”

野蛮人点点头，说道：“我吃了文明。”

“什么？”

“文明毒害了我，我没顶住。然后，”他放低声音补充道，“我吃了自己的罪恶。”

“是的，可究竟……我是说，你现在……”

野蛮人说：“我现在洁净了。我吃了些芥末，喝了些温水。”

两个人吃惊地注视着他。伯纳德问：“你是故意这么做的，对吗？”

“印第安人就是这样为自己涤罪的。”他坐下了，叹了口气，用手擦了擦前额，“我太累了，要休息几分钟。”

“嗯，这很正常。”亥姆霍兹沉默了片刻，换了种口气，又说，“我们是来向你道别的，明天一早我们就走。”

“是的，明天一早我们就走。”伯纳德说。野蛮人在他的脸上看到了一种任由别人处置的新的表情。“对了，约翰，”他坐在椅子上身体前倾，把一只手放在野蛮人的膝盖上，继续说道，“昨天出了那么大的事，都是我的错，我向你道歉。”他的脸红了。“我好可耻，”虽然声音在抖，可他还是说了下去，“我真的好……”

野蛮人打断了他，抓住他的手深情地握着。

伯纳德停顿片刻，继续说：“亥姆霍兹对我很好。若不是他，我早就……”

亥姆霍兹抗议道：“喂，喂，快得了。”

一阵沉默。虽然他们悲伤——甚至因为悲伤，因为悲伤说明他们彼此间是关爱的——三个年轻人都很快乐。

野蛮人终于说道：“今天上午我去找主席了。”

“找他干吗？”

“问我能否同你们一起去岛上。”

亥姆霍兹急切地问道：“他是怎么说的？”

野蛮人摇摇头，说道：“他不让我去。”

“为什么？”

“他说他想继续做这个实验。不过我就是死，”野蛮人突然愤怒了，补充道，“我就是死也不让他在我身上继续做这个实验。我他妈的绝不会让自己做那些世界领袖的实验品。我明天也要走了。”

两个人同时问道：“可你要去哪里？”

野蛮人耸耸肩。“哪里都行。我不在乎。只要能一个人安安静静待着就行。”

从吉尔福德开始，下行线沿着韦谷抵达戈达尔明，然后越过米尔福德和威特利，继续前行抵达哈斯尔米尔，向前穿过彼得斯菲尔德，朝着朴茨茅斯延伸开去。几乎与之平行的上行线，穿过的是沃普莱斯顿、汤纳姆、普顿汉姆、埃尔斯坦德和格雷斯霍特。在猪背岭和雌鹿头之间有几处两条线的距离不超过六七公里。这段距离对无忧无虑的飞行员来说实在太短了——特别是在晚上半克重的苏摩吃得太多的时候。经常出事故。严重事故。因此上面决定把上行线朝西移几公里。在格雷斯霍特和汤纳姆之间，4座废弃的航空灯塔标明了朴茨茅斯至伦敦那条旧的飞行路线的走向。灯塔上面的天空沉静而孤独。如今，直升机只在塞尔伯恩、伯顿和法纳姆的上空不停嗡嗡着、轰鸣着。

野蛮人选了普顿汉姆和埃尔斯坦德中间那座位于山顶上的旧灯塔作为自己的静修室。灯塔是钢筋混凝土结构，保存得很好——野蛮人初探这里时也觉得太舒服、太有文明气息，也太奢华了。他许下承诺，刻苦修炼，让自己从里到外彻底变纯净，借此弥补舒适的条件带来的某种缺憾，算是聊以自慰。他在静修室里过的第一个晚上故意没睡。他连着数个小时跪在地上祷告，一会儿向负罪的克劳迪亚斯曾祈求宽恕的上帝祈祷，一会儿用祖尼语向天父地母祈祷，一会儿向耶稣和造物主祈祷，一会儿又向他的守护动物——神鹰祈祷。他不时伸开双臂，好像自己就被钉在十字架上，长久地伸展着两条胳膊，感觉被撕扯得越来越痛，直到疼痛让他浑身颤抖，再也无法忍受。他就这么苦撑着，甘愿被钉上十字架，从紧咬着的牙齿缝里[①]不停说着："哦，宽恕我吧！哦，让我变纯净吧！哦，让我做好人吧！"一遍又一遍地说，一直把自己搞到痛得快要昏死过去。

天亮时，他觉得自己有权继承这座灯塔了。没错，大部分的窗户是玻璃的，站在平台上朝四周望去风景那么迷人。他选这座灯塔作为修行处的理由几乎瞬间变成了他去别的地方修行的理由。那里风景秀美，地势又好，让他觉得自己在注视神灵的化身，因此决定住下来。可他又是谁，竟敢日夜尽情欣赏那么美的景致？他又是谁，竟敢寄居在上帝的有形化身中？他只配住屎尿横流的猪圈，在地上随便挖一个只有一个出口的洞就是他的住处。在那个漫长的夜里，他折腾来折腾去，搞得自己浑身僵硬，又痛得不行，然而，这反倒让他觉得心安了，便爬上了灯塔平台。初升的太阳照亮了东方的世界，他又有了活在那个世界的权利。朝北看，风景就被长长的猪背白垩岭分开了，岭后面，东方的尽头，耸立着 7 座摩天大楼，那就是吉尔福德。野蛮人看着它们做了个鬼脸，但在时间的长河中，他势必要跟它们和解，因为在夜里，它们要么同那些具有几何形状的星群

① 此时他也是汗流满面。

一起快活地眨眼，要么就泛着明亮的光，将发光的手指庄重地插向深不可测的神秘的天空[①]。

把猪背岭与灯塔所在的那座沙土色的小山分开的是一条山谷，普顿汉姆村就坐落在谷中。村子并不大，9层楼高，有数个筒仓，一个养鸡场，还有一座小型维他命D加工厂。灯塔另一侧，地势向南走低，长长的山坡上长满了欧石南，山下是一连串的池塘。

池塘远处，散落出现的丛林上空，耸立着14层的埃尔斯坦德大楼。雌鹿头和塞尔伯恩在英国的雾气中隐现，将目光吸引到泛蓝的虚幻的远方。不过，吸引野蛮人到这座灯塔来的不只有远方，近处的风景同样迷人。丛林，不断向远处延伸的开阔的欧式南丛，黄色的荆豆丛，苏格兰冷杉丛，池塘也散发着亮光，周围有白桦遮阴，水中有睡莲，河床上长满了灯芯草——这些景物是美的，而对见惯了干旱的美洲沙漠的人来说又着实叫人惊叹。然后，又是那么幽静！过去了那么多天连个人影也没看到。从灯塔这里到查令T字大楼，坐直升机的话，仅需15分钟，就连马佩斯的山里都不及萨利郡的这片荒原荒凉。一群群的人每天离开伦敦只是去打电磁高尔夫或者网球了。普顿汉姆跟外界没什么联系，最近的黎曼曲面网球场也在吉尔福德。野花和陆上风景是这里唯一吸引人的地方。人们没什么理由来也就不来了。在最初的那段日子，野蛮人就是一个人在安安静静、无人

---

① 在英国，只有野蛮人现在懂得了这个手势的意义。

打扰地生活着。

约翰初到伦敦时拿到了一笔钱，买了些必备的东西，花得都差不多了。离开伦敦前，他又买了4条粘胶羊毛毯子，一些绳子、钉子、胶水，几样工具，火柴[①]，几只罐子、盘子，24袋种子，还有10公斤小麦粉。“不，不要合成淀粉和用棉花的下脚料造的那种人造粉，”他坚持道，“就算营养更丰富也不要。”不过他还是没能经住店主的苦劝买了全腺饼干和维他命化的人造牛肉。如今看着这些罐装食品，他狠狠地骂自己当初心太软了。这些文明的东西真叫人恶心！他下了狠心，就算饿肚子也绝不会碰这些垃圾。他想报复人家，心里想道：“我就不吃，要给他们点颜色看看。”倒是生活后来给了他一点颜色。

他数了数钱。他觉得剩下的这点钱足以撑过这个冬天。等来年春天，他在园子里种些菜就够吃了，完全可以做到自给自足。另外还可以打猎，各种猎物一年四季都有。他见过很多野兔，池塘边上也有水鸟。说干就干，他马上就开始制作弓箭。

灯塔旁就有白蜡树，可以做箭杆，还有一整片小榛树林，树干长得又直又漂亮。他开始砍一棵小榛树，就有了一根长6英尺没有一点枝丫的棍子，一点点把皮削掉，按照老马萨瓦教给他的方法，用刀子刮那根白木头，最后收拾得像他那么高，中间又粗又硬，两头柔软又有弹性。劳动使他获得了莫大的快乐。在伦敦的那些日子，整天无所事事，想做点什么，只能按按电

① 虽然他想在合适的时候用钻木取火的方式生火。

钮或者转转把手，而做这件既需要技术又需要耐心的事带给他的快乐是极为纯粹的。

他把棍子弯成弓的形状，快做好的时候才意识到自己竟然在唱歌——唱歌！就好像在外面碰到了自己，突然发现自己正在干坏事，把自己搞得惊慌失措了。他心有愧疚，脸红了。毕竟他到这里来不是唱歌的，也不是享受的。他到这里来是为了躲避肮脏的文明生活对他的毒害；他到这里是来净化心灵，让自己变良善的；他是来弥补过错的。他失望地意识到，在专心削那根用来做弓的棍子时，他竟然忘了曾对自己许下的要时常想起那一幕的誓言——可怜的琳达，他对她那么不好，害死了她，那些讨厌的多生子又像一群群的虱子涌到她的尸床旁边，当着他和琳达的面，不但侮辱他的悲伤和悔恨，更侮辱了众神。他发过誓的，要时时记起这一幕，还要不断地弥补自己的过失。而如今他竟在这里一边快活地坐在地上做弓一边唱歌，没错，就是在唱歌……

他到了灯塔里面，打开那盒芥末，加了点水，在火上煮。

过了半个小时，一个普顿汉姆波卡诺夫斯基小组的三个农民碰巧开着车去埃尔斯坦德，到了山顶上，吃惊地看到一个光着上身的小伙子正站在那座废弃的灯塔外面用一根打着结的绳子狠命抽自己。小伙子的背上留下了几个暗红色的横条血印子，血从血印子上往下细细流着。卡车司机慌忙把车停在路旁，跟两个同事张着大嘴看着这不同寻常的一幕。1，2，3——他们数着抽了多少鞭子。第 8 下打完了，小伙子不打了，跑到丛林边上，剧烈呕吐。吐完了，拿起鞭子，又开始抽自己。9，10，11，

12……

司机惊叫道：“哦，福特！”他的那两个同事也是这样。

他俩叫道：“哦，福特啊！”

3天后，各路记者就像飞落在尸体上的秃鹫也匆匆赶来了。

用树枝生一堆火，把用来做弓的棍子放在火上慢慢烘烤，干了、硬了就算好了。野蛮人忙着做箭。30根榛树枝削完皮，烤干，头上固定好尖尖的钉子，再小心地开好凹口，箭就做好了。一天夜里，他偷袭了普顿汉姆那家养鸡场，弄了几只鸡出来，扯下来的羽毛都够一个兵工厂用的了。他正忙着给箭绑羽毛，率先赶到的那位记者就发现了他。那人穿着一双充气鞋，走路一点声音也没有，突然来到了他的身后。

他说：“你好啊，野蛮人先生。我是《每时广播报》的记者。”

野蛮人就像被蛇咬了一样，吓了一大跳，蹿起来，把箭、羽毛、胶水瓶和刷子都扔了出去。

“对不起，”这个记者真的很愧疚，“我本想……”他摸摸帽子——一顶铝制的大礼帽，里头装着无线接收机和发射机。“原谅我不能把它摘下来，”他说，“有点重。嗯，我刚才说了，我是《每时广播报》的记者……”

“你想干吗？”野蛮人阴沉着脸说。记者又露出了那种讨人欢心的笑。

“这个，当然了，我们的读者会非常有兴趣……”他把头歪向一旁，几乎是卖弄风情地继续说道，“就问你几句话，野蛮人先生。”他快速地做着几个常规动作，展开两条线，把便携式电池捆在腰上；把两条线同时插入铝帽子两侧；按动大帽子上的一个弹簧——天线猛地插入空中；按动帽舌上的另外一个弹簧——一只麦克风就像玩偶匣中忽然跳起的玩偶那样猛地蹿了出来，在离他鼻子6英寸远的地方颤颤悠悠地立着；拽下两个接收器盖在耳朵上；按动帽子左侧的一个开关——从里头传来一阵微弱的黄蜂般的嗡嗡声；转动右侧的一个电钮——嗡嗡声就被听诊器那样的呼哧呼哧的喘气声、噼啪声、打嗝声和突然响起的吱吱声打断了。“喂，”他对着麦克风说道，“喂，喂……”他的帽子里突然响起一阵铃声。“是你吗，埃德泽尔？我是普里莫·梅隆。是的，我逮着他啦。野蛮人先生想对着麦克风说两句。说两句吧，野蛮人先生，怎么样？”他看着野蛮人，脸上露着得意的神情。“就跟我们的读者说说你为什么要来这里。你什么突然离开伦敦[①]。当然了，还有鞭子的事。[②]我们非常想知道鞭子那事。然后你再给我们说说你对文明的看法。这种东西你是知道的。‘我对文明姑娘的看法。’就说几个字，就说几个字……”

野蛮人慌了，从嘴里机械地嘣出来几个词。他说了5个词就不说了——就是当初对伯纳德说坎特伯雷歌剧院那位首席社会男高音歌唱家时用的那5个词。“哈尼！桑斯！伊索！茨-纳！”然后一把抓住记者的肩膀，弄得他滴溜溜乱转[③]，看准了，

---

① 别挂，埃德泽尔！

② 野蛮人大惊失色。他们怎么知道自己用鞭子抽自己的事？

③ 小伙子长得肉乎乎的，挺招人喜欢。

然后像个职业足球运动员那样，准确而有力地踹了他一脚，动作干净利落，看了令人惊叹不已。

8分钟后，新出版的《每时广播报》就在伦敦的街头出售了。头版标题是：“《每时广播报》记者被神秘野蛮人踢伤尾骨，轰动萨利。”

“伦敦都轰动了呢。”那个记者回来以后读到这句话时心里想道。并且这次轰动还很疼呢，他小心翼翼地坐下开始吃午饭。

来自《纽约时报》、法兰克福《四维一体报》《福特科学告诫报》和《德尔塔镜报》的另外4位记者没有被同事挨的那一脚吓倒，当天下午就纷纷赶到灯塔那里，结果遭到了更加粗暴的对待。

《福特科学告诫报》的那个家伙被踢了，跑了老远，一边揉着屁股一边喊叫：“你这个不明是非的大傻蛋！你为什么不吃点苏摩？”

野蛮人晃动着两只拳头骂道：“滚蛋！”

另外3个退出去几步，转个圈又回来了。“吃两片苏摩罪恶就没有了。”

“库哈库哇咿呀斯吐克亚！”野蛮人用一种嘲讽又带有威胁性的口气骂道。

“痛苦是一种错觉。”

“哦，是吗？”野蛮人说着抄起一根粗榛木棍子，迈着大步赶了过来。

《福特科学告诫报》的那个家伙慌忙冲向直升机，逃命去了。

闹了这一场，野蛮人终于可以有片刻的安宁了。又来了几架直升机，好奇地绕着塔乱转。野蛮人烦透了，拿过弓箭，朝飞得最近的那架射了一箭。箭射穿了座舱的铝制地板，就听有人尖叫一声，飞机就加大油门升入空中，可速度加得太猛，增压器都快被搞掉了。另外几架一看这局面再不敢靠近，慌忙跑得远远的。飞机嗡嗡叫着，他再不管它们了[①]，埋头整一块地，这地以后要做菜园呢。过了一会儿，长翅膀的害虫们显然自己也觉得没劲，就飞走了；连着好几个小时，他头顶的天空一直都是空荡荡的，除了云雀的叫声，什么也没有。

天气好闷热，天空中雷声滚滚。他干了整整一上午，累了，就跑进塔内，躺在地上，伸开四肢好好休息。突然，他想起了列宁娜，好像真人就在眼前，光着身子，伸手就能摸到，嘴里一个劲儿地说着："哦，亲爱的，快抱着我！"——脚上还穿着鞋和袜子，身上喷了香水。不要脸的臭婊子啊！哦，不，不，她正搂着他呢，白嫩的乳房也挺起来了，红唇张开着，渴望着！永恒就在我们的唇上和眼睛里。列宁娜……不，不，不，不！他慌忙站起来，照例光着上身，冲出了灯塔。那边欧石南边上有一丛杜松，上面覆盖着一层灰白色的毛。他直直朝杜松丛冲过去，抱着那些绿色的刺，而不是心目中渴望的那个浑圆热乎乎的肉体。刺好尖，足足有上千个，扎着他的身体。他用力想琳达，想她那没有呼吸和知觉的身体，想她紧握的手和她眼中

① 他把自己想象成了那个叫马萨姬的姑娘的追求者，长翅膀的害虫狠命骚扰他，他却完全不为所动，一直在忙自己的事。

那说不出的恐惧。琳达好可怜，他曾在心里发过誓，要记住她，要记住那一幕。可现在，列宁娜出现了，扰乱了他的心绪，弄得他不得安生。针尖一般的松刺扎着他，痛得他缩紧身体，可即便这样，也无法让他忘掉活生生的列宁娜。“亲爱的，亲爱的……若你也想要我的话，为什么不……”

鞭子就在门后的一个钉子上挂着，是为了便于对付那些赶来骚扰他的记者的。野蛮人疯狂了，冲到灯塔那边，抄起鞭子，挥舞着。打着结的绳子狠狠地抽到了自己的身体上。

“臭婊子！臭婊子！”他每抽自己一下就喊一句，好像抽的是列宁娜[①]，抽的是那个又白又嫩、热乎乎、浑身散发着香气、出了名的骚货列宁娜。“臭婊子！”然后又用一种绝望的声音喊道，“哦，列宁娜，原谅我吧。原谅我吧，上帝。我是坏人。我邪恶。我……不，不，你这个臭婊子，你这个臭婊子！”

这一幕都被达尔文·波拿巴看到了眼里，此人是感官电影公司最专业的摄影师，专门拍摄大型猎物，此时就藏在 300 米处的一片林子里，他在那里精心搭建了一个可以藏身的地方。耐心和技巧终于得到了回报。他在林子里搞了一棵假橡树，钻到树干里头待了 3 个白天，一到晚上就趁着夜色匍匐爬过那片欧石南，把麦克风藏在荆豆丛中，在灰白色柔软的沙地上埋好电线。那 72 个小时过得可真难受，但现在伟大的时刻到来了——这将是自他拍摄的那部咆哮震天的《大猩猩的婚礼》立体感官

① 他疯了，什么都不知道了，还以为抽的真是她呢！

片之后最伟大的时刻，达尔文·波拿巴鼓捣他的那一大堆设备时这样想道。“精彩，”野蛮人开始令人瞠目结舌的表演时他对自己这样说道，“太精彩了！”他端起摄影机，小心调整焦距，对准目标——一直抓着移动的目标不放；换上一个高倍镜头，给那张疯狂扭曲的脸来了个特写[①]；切换模式，搞一个慢动作拍摄[②]；同时倾听记录在胶片边上原声带上的鞭声、呻吟声以及那些疯狂的话，稍微放大一点，试试效果[③]；烦了就休息一会儿，听听云雀的叫声，真爽；盼着野蛮人能把身体转过来，让他好好瞧瞧他背上的那些血印子——几乎就在他这么想的时候[④]那个小伙子竟然真的很配合地转过了身子，让他拍了一张完美的特写。

“哦，太精彩啦！”等一切都鼓捣完了，他对自己这样说道。“真的太精彩啦！”他抹了两把脸。等回到工作室，配上感官片的效果，一部美妙的电影就出来了。达尔文·波拿巴心想，几乎就跟那部《鲸鱼的爱情史》一样精彩——哦，福特，真是太精彩啦！

12 天后，《萨利郡的野蛮人》这部片子就发行了，在西欧的每家一流感官片影院都能看到、听到、感觉到。

---

① 真棒！

② 戏剧效果弄得真漂亮，他很有信心地想着。

③ 哇，效果更棒了。

④ 太幸运啦！真是让人吃惊！

达尔文·波拿巴拍的这部片子立即产生了巨大反响。片子是晚上播的，次日下午，野蛮人平静的田园生活就突然被一大群赶到的直升机打破了。

当时他正在菜园掘地——也在掘自己的心，把心中的杂念翻腾翻腾。他想到了死——他掘了一锹，然后又是一锹，接着又是一锹。昨天已经给傻瓜们照亮了那条通向死亡的路，死了埋到土里就好了。这话说得真对，就像有炸雷在里面滚动。他又掘起一锹土。琳达为什么死？她为什么会慢慢变得没有人形，最后……他不由得打了个冷战。一大块可以好好亲吻的腐肉。他把脚放在锹上，用足力气疯狂地挖着坚硬的地面。我们在众神眼中就跟苍蝇在调皮的孩子眼中一样，他们杀死我们只是为了找乐。雷声又响了，那些话说得真对——比真理还真。先前的那个老格洛斯特还说他们是永远温和的神灵。还有，最好的休息方式就是睡觉，你最想睡觉了，可你又那么怕死，其实根本就没有死亡这回事。就是睡觉嘛。睡觉。就是碰巧做了个梦嘛。他掘到了一块石头，弯腰捡起来。因为在那死亡般的长眠中，什么样的梦……

头顶的嗡嗡声变成了轰轰声，他突然就被阴影盖住了，太阳和他之间好像隔着什么东西。他吃惊地抬起头，不挖了，也不想了，阳光照得他头晕眼花，让他觉得困惑，他的心在漫游，在那个比“真理都真”的世界里游荡，仍在为死亡和神灵的广大纠缠，此时抬起头来，却看到成群的直升机在他的头顶盘旋。那些东西像蝗虫一样赶到了，安安稳稳地悬浮着，然后陆续降落在他周围的欧石南丛中。这些蝗虫的肚子好大，成群的男人女人从里面陆陆续续走出来了，男人们穿的是白色粘胶法兰绒外套，女人们有的穿着醋酸丝绸的睡衣[①]，有的穿着棉绒短裤、无袖衫和拉链半开着的运动衣——一架直升机上下来一对。短短几分钟就来了几十号人，围成一个大圈在灯塔周围站着、看着，拿着相机拍着，扔花生[②]性激素口香糖，还有全腺小油饼。每一秒钟——因为猪背岭这块的交通此刻已是畅通无阻了——人都在增加。就像做噩梦似的，数十人变成了上百人，上百人又变成了上千人。

野蛮人慌忙后撤，找地方躲避，保持着陷入绝境的猛兽才会有的姿势，后背紧紧靠在灯塔墙壁上，像个傻子，一句话也说不出来，来来回回盯着那一张张脸。

这时候，有人扔过来一盒口香糖，刚好打在他的腮帮子上，让他从目瞪口呆的状态中立即清醒过来。他大吃一惊，感到一阵疼痛——完全清醒了，暴怒起来。

他喊道："滚开！"

猴子说话啦，人群中响起一阵哄笑，有人还在拍手叫好。"野蛮人这个老家伙可真棒啊！好哇，好哇！万岁！"他在嘈杂的吵闹声中听到有人在喊："用鞭子抽，用鞭子抽，鞭子！"

这话倒是提醒了他，他把那条挂在门后钉子上打着结的鞭子摘了下来，朝着折磨他的人们挥舞着。

---

① 因为现在是夏天。

② 就像在喂大猩猩。

那些人欢呼着笑话他。

他逼向他们。一个女人吓得尖叫起来。那群人看到危险临近摇摆了那么一下就又停住不动了。这些看客知道他们人多力量大，索性不怕他，这是他没有料到的。他吃了一惊，不走了，朝周围望着。

“你们为什么就不能让我安静一会儿？”他怒气冲冲地说道，但他的声音中几乎透着一种悲哀。

“吃点镁盐杏仁吧。”有人喊道，野蛮人要是向前走几步，第一个挨揍的就是这个人。那人掏出一盒镁盐杏仁。“效果真的很棒，知道吧，”他很紧张，满脸堆笑，又劝道，“镁盐会让你永葆青春。”

野蛮人没接他递过来的东西。“你们到底想干吗？”人们嘻嘻笑着，他挨个看他们的脸。“你们到底想干吗？”

“鞭子。”上百个乱糟糟的声音七嘴八舌地叫道，“给我们表演一下抡鞭子。我们要看你抡鞭子。”

接着，后排的人们用一种缓慢而沉重的节奏齐声喊道：“我们——要——看你——抡鞭子，我们——要——看你——抡鞭子。”

其余的人马上也跟着叫喊起来，就像鹦鹉学舌，一遍又一遍地重复着这句话，并且一次比一次声音大，喊到七八遍的时候，别的话都不说了，只剩下这句：“我们——要——看你——抡鞭子。”

他们齐声叫喊着，越喊越兴奋，喊得那么整齐，又那么有节奏，感觉在集体赎罪，好像可以这样连喊几个小时——几乎可以永远这样喊下去。但喊到第25遍的时候，喊声突然停止了。又从猪背岭那边飞过来一架直升机，在人群上空盘旋了一会儿，落在了那排看客和灯塔之间离野蛮人站的位置仅几码远的地方。螺旋桨的轰轰声暂时淹没了人们的叫喊声，然而等飞机一落地关掉引擎，喊声就又起来了："我们——要——看你——抡鞭子，我们——要——看你——抡鞭子。"声音还是那么大，调子还是那么单调统一。

舱门开了，先下来的是一个脸色红润的帅小伙儿，而后下来的是一位身穿绿棉绒短裤、白衬衣，头戴鸭舌帽的年轻女人。

野蛮人一见这个女人就惊吓得连连后退，脸顿时变苍白了。

那女人站在那里，面带微笑地看着他——一种不确定、恳求、几乎凄苦的笑。过了一会儿，她的嘴唇动了动，说了些什么，但她的声音被看客们那不断重复的叫喊声淹没了。

"我们——要——看你——抡鞭子！我们——要——看你——抡鞭子！"

女人双手紧紧抓住身体左侧，桃花般俊俏的脸上露出一种奇怪的不和谐的神情，既透着渴望，又流露出悲哀。她的蓝眼睛好像变大、变亮了，两滴眼泪突然顺着脸颊滑了下来。她又说了些什么，却听不到，然后激动地快速伸开双臂，朝着野蛮人走过去了。

"我们——要——看你——抡鞭子！我们——要……"

突然间，他们就如愿以偿了。

"臭婊子！"野蛮人疯了似的朝着她冲了过去。"艾鼬！"他挥舞着手中那条打着小结的鞭子朝她抽了过去。

她吓坏了，转身就跑，跑到欧石南丛中摔倒在地。“亨利！亨利！”她大声喊道，可她那个红脸伙伴看到情况不妙早就跑到了直升机后面。

人们激动地大喊一声，散开了，纷纷朝着那个磁力中心蹿过去。痛苦是一种迷人的恐怖。

“打死你这个骚货！骚货！”野蛮人疯了，鞭子又抽了下去。

人们贪婪地围拢着，像猪槽周围的猪狠命朝里挤着，推搡着对方。

“哦，肉欲啊！”野蛮人咬紧了牙关，这次鞭子落在了自己身上，“消灭肉欲，消灭肉欲。”

人们被这痛苦的恐怖景象吸引着，又因为体内设定的无法根除的条件，内心深处被那种合作的习惯、那种对一致性和赎罪的渴望驱使着，开始模仿野蛮人那些疯狂的动作，就像他抽打自己那无可救药的肉体，或是抽打脚下欧石南丛中那个象征着堕落的扭动着的丰满的肉体。

“消灭肉欲，消灭肉欲，消灭肉欲……”野蛮人继续叫喊着。

然后，突然有人开始唱“尽情欢乐吧”，人们马上跟着喊了起来，唱着歌，开始跳舞。尽情欢乐吧，转了一圈又一圈，用 6/8 拍的节奏相互间拍打着屁股。尽情欢乐吧……

最后一架直升机离开的时候都是后半夜了。吃了苏摩的野蛮人被搞得昏昏沉沉，长时间疯狂的肉欲发泄弄得他筋疲力尽，他躺在欧石南丛中睡着了。等他醒过来时太阳已经老高了。他躺了一会儿，像猫头鹰那样眯缝起眼睛困惑不解地对着阳光眨了眨，然后突然想起来了——一切都想起来了。

“哦，我的天啊，我的天啊！”他双手捂着眼睛叫道。

那天晚上，一大群直升机嗡嗡响着飞过了猪背岭，就像一块长达 10 公里的黑云。昨天晚上那场盛大的赎罪淫乐聚会在每份报纸上都刊登了。

最先赶到的那批客人一下飞机就大声喊道：“野蛮人！野蛮人先生！”

没人回答。

灯塔的门开着一道缝。他们推门进去，里面很暗，百叶窗还关着。屋子尽头有一道拱门，穿过去能看到通往二楼的楼梯的底部。一双人脚就在拱门正下方吊着。

“野蛮人先生！”

那双脚就像圆规的两只脚，缓慢地，很缓慢地朝右转动；然后向北，东北，东，东南，南，西南转；停了一会儿，又缓慢地朝左转；南，西南，南，东南，东……